趁早
扔了这
本书

Marcel Bénabou
JETTE CE LIVRE
AVANT QU'IL SOIT
TROP TARD

〔法〕马塞尔·贝纳布 著　　英田 译

上海文艺出版社

目录

序曲 3

第一乐章

1 9

2 18

3 34

第二乐章

4 59

5 78

6 95

7 111

8 119

第三乐章

9 131

10 142

第四乐章

11 167

12 191

13 202

终曲 217

简直再没有比书更古怪的商品了：由不理解书之人印刷，不理解书之人销售，不理解书之人装订、审查、阅读，更妙的是，由不理解书之人撰写。

利希滕贝格[1]

译注
1. Georg Christoph Lichtenberg（1742—1799），德国科学家，讽刺诗作者，格言家。

序曲

来,搁下这本书。或者索性把它扔了吧。立刻,马上。趁为时未晚。相信我,你只能作此决定,别无他途。

现在,抬起头。让你疲惫多时的眼睛稍事休憩,眺望无垠的天边,只有野树、峭岩、云朵的广袤宇间。让眼睛远离这些颠倒的字句。

真是的,你从中指望什么?你又能从中指望什么?

如果你认为你会找到一个如意知己,与一个新的友人开始一场憧憬已久、毋须克制的对话,醒悟吧,去他地寻找那个倾听与抚慰你的人。

但或者你希望有奇迹发生,会看到从这里面映射出你的些许形影，又或者忽然辨识出你的思想碎片。甚或你幻想（谁知道你有多天真呢？）觅到一种恢复自己发声能力的妥切手段。

再或者，第十一时辰的工人[1]，你认定（因为长久以来，你已养成笃信的嗜好！）这事没你就无法开始，你是不可或缺的见证人，没有你，这里预谋好的一切就没有意义。你满心期待你的奉献能够获得回报。

除非，你只是想驱散一时的无聊，脑子里只有一个念想：尽可能远地深入未知地带，到那里去发现你从未去过的世界，那些你从未有勇气在你身边引发的快乐、悲伤。

但你有什么期待重要吗？你终将失望。

相信我，你与很快将在你眼前闪动的那些幽灵毫无共通之处。它们的命运久已封印，而你，你还可以考虑一下下一瞬你要怎么做。

所以，还要读下去吗？

现在就是你自找的了。

你毫无防备，冒冒失失地闯进了这本书。你不知道，与我一样，你冒着在此间迷失的风险。

文字到此停止。最后几行形成紧凑的一小块，只占据了纸页的上部，约莫三分之一的样子，一点不多，甚至可能还更少。页面剩余部分全是空白，凸显出纸张本身的灰暗，及其所用纸浆质量之劣。

译注
1. 典出《马太福音》20里耶稣向门徒讲述的一则寓言:天国犹如一个雇人做工的葡萄园主,一日终了,不管是何时雇到开始工作的工人,哪怕在工作即将结束的十一时辰才雇来,他都向对方支付一整日的工钱。

第一乐章

　　足够厚颜无耻去模仿市集上的江湖艺人,在幕布上画一条鳄鱼当幌子,吸引好奇的观众,可待观众解囊之后,他在幕布后面只能看到一条蜥蜴。[1]

维克多·雨果

译注
1. 出自《冰岛的凶汉》第二版序。

1

我必须承认,这一指令让我困惑。

作为读者,我不大喜欢(我要明确地说)在书的开篇就有人直接冲我发话。说到底,一个陌生人的劝诫,甚至更糟,他的心里话,我一点都不在乎。相反,在开篇这个决定性的时刻——如此庄严,实在应该还之以上古信仰以它们的智慧赋予其的神圣性(而且开篇许人以各种可能,正确做法是无止境地开始)——我希望能被切实地审慎相待,我对匿名、隐身的偏好(我相信这也是大部分缄默的读者的偏好)得到尊重。我期望可以安全地随意进出,不会在每次迈进我满怀希望准备踏入的领地时,被某个恶煞一样的看守教训一顿。

我本已打算忽略这一上来的失礼,将其归因于某种伧俗

（无奈，今天必须适应，哪怕还是有人希望继续行走于上流社会），但页面上的内容本身加重了我的不适。

该如何理解这番话语？

只能是一个玩笑。对雅里[1]响亮的粗鲁呼叫着力过重的致意。或者，更简单，一个恶作剧。没错，与一代代学生乐此不疲的古老涂鸦同样精妙，至少品位相当。孩子一学会写字，就将此作为人生乐事。我可以作证，因为，我出生在市郊，在那里的某些街区——不一定是最穷的（这些街区的人没什么兴趣写字，哪怕是在墙上）——这一涂鸦到处可见：建筑里面，用笔匆忙划在电梯或公厕的内壁上；外面，刻在空上工地周围的木栅栏或者即将推倒的废弃大楼外墙上。没有一处空余的表面没被修饰过。在一片密集的狠亵词汇里，观者绝不会错过涂鸦者仗着匿名之便用字母写下的这个我们的文化通常假装无视或尝试压抑的词语。它是几帮社会弃儿聚会的标记，亦是倾泄着忿怒、急躁、蔑视的复仇宣言。有时候，是巨型的大写字母，棱角鲜明，极尽炫耀、挑衅之能；有时候，则是潦草的一挥，不甚张扬，甚至有点模糊，尽显雄性之凝练。这玩笑，很大程度上受了一位帝国名将著名叹语（由五个字母构成，恰如livre［书］一词）[2]的启迪，是对阅读者的一声有力拒绝。

我平常不反对玩笑。我甚至愿意承认，就像前人那样，笑具有某种神圣性（从笑［rire］到仪式［rite］，距离如此之近）。我不会忘记在斯巴达的废墟中，当其他石碑都已颓圮，惟一屹立不倒的是笑神之碑。不止于此：如果当代所有思想文化产品，各门类全部包括在内，能够流传后世的只有一打左右的经典玩笑（就算是听过一百次你仍会莞尔的那种），那么我认为，我们这一代人就没有白活。可见我这个读者是多么宽容。所以，为什么不能原谅这位作者——他想必迷失于一时的童心大发或怀旧情愫——退化至茅坑文学呢？

但是，这种预知、预言的语调，这些对于我的期待、幻想的高傲、嘲弄的影射，以及最糟糕的，这样不遗余力地恐吓，几乎不加掩饰的威胁，又算何意？这一整套花样，我并不觉得只是单纯为了耍笑而准备的。

长久以来，我自以为对从事写作之人的奇思怪想、心血来潮已有相当了解。我尤其知道某些人对某些事的重视（肯定是有些过分，但此处不是讨论之所），他们费尽心机保护小集团的秘方、行会里的八卦、宗派的琐碎隐私，说什么不能让外行看到。我本可以毫无困难地接受有人这样防着我，略微粗暴地对待我，甚至在必要时斥责我。但是，在我作为阅读爱好者的全部阅读经验里——当我开始阅读一本新书时，我总会舒适地回忆起它们（有时同样也是一种重荷！）——我找不到被同样恶语相向的例子。真见了鬼了，在催促拿但业"扔了这本书"[3]之前，至少等他结束这本书的阅读吧！

我不是没有见识过粗鲁的挑逗、无礼的接谈、颐指气使目中无人的开场，我们这班执迷不悟的读者不久前还经常享受到这般待遇。

我也记得若干著名的"致读者"，往昔置于一些要么艰深要么创新的作品开篇，起着警示作用。"胆小之人，叫你的腿向后退，别再向前了"，《马尔多罗之歌》不知其名的作者[4]即略显生硬地劝诫道。他不是惟一一个，也不是第一个：比他早得多，还有另一个不知其名者，一个具名为阿尔科弗里巴斯的人[5]……即使在这些情况下——现在都已成了经典（因为循惯例，它们伤风败俗的程度，已从问世之初的极致，随着时间推移慢慢淡去）——作者也从来不忘马上给予读者最为精确，甚至最具威慑力的指令，以便读者能以正确方式进入。对第一位作者而言，他的书是一个匣子（或瓶子），要学会恰当地打开，才能攫取其中的珍藏；对第二位而言，他的书是一根骨头，必须砸碎才能吮吸精髓。

但这里，大相径庭。这段奇怪的引言近乎一条禁令。作为开场白，它并不试图博取我的好感，以博爱之姿引领我的脚步，勉励我不要在即将到来的困难面前轻易放弃，相反，它只有一个明确目标，那就是以最快速度驱逐我、放逐我：我期待像宾客一样获得热情款待，可人家把我当成仇敌。古代蛮族洗劫一地最后离去前投毒破坏泉眼与水源，这位作者比蛮族更恶，在入门处即开始释放毒液。在他这里，丝毫不见那种能够令读者倾情回馈的善意。正如基路伯持着旋转之焰剑从天堂驱逐不受待见的人[6]，他在作品与我之间，制造了一道无法弥合的裂痕。仿佛他铁了心要独自完成一项在他看来我不配受邀参与的典仪。

因为，那或许是我最受不了的，这人一副自以为是的口吻（他哪来的资格劈头对我以"你"相称？），把我当小孩子看待。首先，他极不合时宜地让我回忆起当年的往事：母亲因为担心（背地估计烦透了）我成日两眼茫然地禁闭在自己卧室，建议我出门走走，沐浴阳光，呼吸空气，加入我那些游戏的伙伴；她的反复唠叨让我厌烦，但我还是没听她的。更糟的是，他居然自以为了解我所有的希望，所有的期待，嚣张地提醒我它们不过是毫无根据的异想天开。他扮起先知，警告我莫要自误，然后，俨然一副主人的样子，游走在我思想深处，好像读着一本早就被他嚼透的书。

太气人了，从未有人如此傲慢、无礼地对待我！

我才不想（谁能不分皂白地指责我？）继续读下去。

"搁下这本书——您这样命令我。好，那就这样。我服从您的命令。甚至比您希望的做得更好。毕竟，傻瓜才会拒绝把您的话当真。

"只是您知道自己这样做有多荒谬吗？您是否愿意，除非是在梦魇之中，在一个别人开门见山地命令您立刻退出或闭上眼睛的画室里继续逗留？

"的确，您，类似于那些渴望接受指责而不是赞许的圣人，您玩的这种游戏，给自己树敌的游戏，我是不敢领教。您希望谁来读您的书？或许天主本人？又或者您像波德莱尔，宁可写给死人看……

"无论是什么情形，告诉您吧，我对您的期待没兴趣。您就留在您选择的圈子里吧。如果您希望您的作品只是自言自语，那您就自己偷着乐吧！

"就此别过。晚安，刻耳柏洛斯[7]先生！"

我在心里默默回敬了一通这个不逊之徒，颇为得意地自忖：看看，这回击有礼有节，而且是那么的潇洒。

这个粗鲁的家伙准以为可以肆无忌惮地把我逼入绝境！但我没有一分钟的耽延，没有丝毫的迟疑，明确坚决地向他示意走好不送，这不是一下子就扭转了情势，把起初于我甚是不利、甚至可能会变得别扭至极的局面翻转了过来，占了上风？天晓得今日的文学中，这样的机缘有多么千载不遇，特别是对那些似我一样从不刻意寻觅的人而言。遇到了就要牢牢抓住。

得意之余，我想起一桩心事。它连系着我那些永不枯涸的旧日记忆。通常，我竭力让这些记忆保持休眠，但现在，它们被不知轻重斥责我的这个人莽撞地唤醒了。

童年时，我学到，若要确保自己永远正确行事，只需遵循几条简单的准则。一些数量有限的箴言诫语，至多十来句，措辞简明扼要，一成不变，语调刻板僵硬，由我的族人代代虔诚传递，而我以为掌握它们就拥有了真正的护身符。它们径直出自各色社会弃儿、少数族群为保护自身形象、维系良好自尊而自我锻造的嘲弄（最终是乐观）精神，自然地取代了之前帮我走出所有困境的儿歌、谚语和童谣。

从这些格言中，我至少得出一个令我安心的结论：世界不是它呈显的这般惊悚骇人；我们可以借助几个精心筛选、适得其位的语词，让自己远离世上最可怕的威胁。

成年后的经历理所当然地对我的旧日信条形成严酷考验，但未能将它摧毁（真能摧毁一座有如此根基的大厦？）。我特别发现，我从前被教导遵守的谐和古板的美妙秩序，与我日日接触的那难以捉摸、不可预料的如尘现实，两者间存在一定距离。可以继续不时求助于这些珍贵的律令，我没什么好抱怨的。

特别是有一句，可称圣言，让我觉得能与最具洞见的醒世作家相颉颃，我一直把它存着，我知道，早晚有一天，它会对我有用，能帮我挽回面子。这一天终于来临。我以前经常听母亲说起这句（因为在我们所处的彼此隔阂的世界，说这句话的机会，或至少动这个念头的机会从来不缺）："如果有人拒我千里，我的慰藉是同样拒他千里……"我现在便对这句箴言的合适性与有效性展开核验。

所以我毫不拖延地合上那本书：这一天我的烦心事已经够多了。

译注

1. Alfred Jarry（1873—1907），法国剧作家，小说家，幽默大师，《愚比王》的作者。
2. 据说法兰西第一帝国将军刚布罗讷（Pierre Cambronne，1770—1842）在滑铁卢战场上以merde（屎）一词拒绝了英军的劝降。本段所称"雅里响亮的粗鲁呼叫"和"古老涂鸦"均指这一詈词。
3. "拿但业，现在扔了我的书"是法国作家纪德《人间食粮》里的一句。
4. 《马尔多罗之歌》是法国诗人伊西多尔·杜卡斯（Isidore Ducasse，1846—1870）以洛特雷阿蒙伯爵为笔名发表的作品。
5. 指法国作家拉伯雷（François Rabelais），他在出版《巨人传》头两卷时署名阿尔科弗里巴斯·纳齐耶（Alcofribas Nasier）。这个化名是将组成其姓名的字母打乱重组而得。
6. 《圣经·创世记》3：24称，天主将亚当逐出伊甸园后，即派基路伯天使拿着旋转、发出火焰的剑把守生命树的道路。
7. 刻耳柏洛斯是希腊神话中守卫灵界的多头恶犬。

2

Furem signata sollicitant. Aperta effractarius praeterit.[1]

塞涅卡

对了,我有没有提过,这一天是个星期日,正好是我四十岁生日,当时我正在那间阴暗、拥挤的屋子里整理东西?鉴于我的新居所(一个带家具的简陋出租屋,我好不容易才找到,在十九区和二十区交界处)空间狭小,这间屋子不得不扮演着办公室兼书房的角色,甚至极个别时候还能充作客房(因为有一张以前房客留下没带走的旧皮沙发)。

真是难得的惬意时刻:星期日,独自一人,一早起便沉浸在清新床单和佛手柑茶的芬芳中,干着这永无止境的工作。对其他人来说，这只是一项困苦、辛劳的任务（几年前，我的几名女性朋友提及资产阶级的"整理"幽灵，是有多痛恨啊！），但日久天长，我把它变成了我最大的乐趣之一。多年来，在我有机会安家（总是暂时居住）的各处房屋中，我沉湎于规律性的整理，且不无快感。因为我一直喜好秩序。而且从这些定期的收拾中，我偶尔还会收获大大的惊喜。

远的不说，恰在此前一周，我竟然找到了爱玛最新的来信，夹在两大本黑色帆布包脊的厚册子（我将我读到的令我印象最深的文字摘抄在里面）之间。温情的爱玛……我们一起长大。在所有表妹中，她与我最亲：她的乳房如此柔软，如此白皙！青春期的我们极其乖萌，没敢成为真正的情人，只在周六晚上，躲在老墓地半倒的围墙后深密的草丛里，久久地、若即若离地相互抚摸。我们酝酿过私奔，前往君士坦丁堡，这事当然没有发生。结果多年后，可怜的女孩嫁了个医生，跟着他去了伊夫托[2]。最近几个月，我们又联系上了。爱玛与我分享一些关于当代小说的阅读建议，因为这类作品她读得很勤，一方面出于爱好，一方面为了消磨时间。这封珍贵的书信（内含一份简明的"必读"书单）像往常一样，写在一张空白处方笺的反面，一折四，我收到后还没来得及拆阅就在搬家时找不到了。

但那个星期日,我没有任何神奇的收获。没有让我眼前一亮的惊喜。杂乱的办公室几近毫无产出。我只勉强留意到一本久已遗忘的旧螺旋线圈笔记本——我父母有一位交往笃密的老友多年如一日地从鲁昂[3]给我拍电报,我把他的一些精炼、睿智的电文誊抄在这本册子里——突然又出现了,也不觉得有什么大不了。

事实上(现在是承认这一点的时候了)那天我萎靡不振。

首先因为前一夜——这样说可能还算轻的——我一没睡够二没睡好。不是我自己的原因。完全相反。因为长久以来罕见得很,那天我早早便睡下了。但夜里被各种异常的响动(摔门声、或多或少强抑的抽泣声、叫嚷声)惊醒好几次,每次感觉消停了,结果闹得更凶。楼上邻居夫妇的家庭风暴——在这个季节里频繁爆发——从未这么激烈、这么漫长。直到黎明,才在被蹂躏得比往常更加狂烈、更少掩饰的床绷无休止的噼噼啪啪、吱吱扭扭、呜呜咽咽中结束。

其次,早上醒来后,我一直在想其他事。几个星期以来,我每日大部分时间都在无休止地琢磨索菲的一言、一行和其中意图。

她在哪？和谁一起？她在做什么？她会来吗？几点来？她会留下吗？多长时间？我们能否最终重聚，或者至少可以把话说清楚？满脑子都是这些想法，我无精打采、心不在焉地搬着成堆的书籍和装满档案、手稿的纸箱，连一直挂在嘴边的口哨也忘了吹（多年来，我总是一边吹着普赛尔[4]"来吧，艺术之子"的曲调一边整理）。

我尝试想象我们相聚后晚上会做些什么。这可是我四十岁生日啊！索菲不会让我一个人孤孤单单，她很清楚这个日期对我意味着什么。不过我还是约束自己不要为这个情境准备任何特别的东西。我只希望我能心无旁骛地预备好，毫无保留地实现她或许会提出的任何心愿。

她可能很晚才来（这是她的习惯），不会早于午夜。她一定光彩耀人，如同我们第一次相遇那天。我不停地回想当时那些情形，一次比一次更为沉醉，更为享受（"这样的事情竟然发生在了我身上，我身上！"）。

那天晚上，我朋友马克在家办聚会。在出发去巴厘岛的前夜，他邀请了平日他称之为"哥们"的人（百来个）来参加他惯常举办的"小型思想对接[5]"——这是我们给起的名字，他把这些他既是组织者又是主角的聚会打造成了一项不可或缺的例行活动。这当然不是某些人可能希望的无度的狂欢——他们对异域极度亢奋的激情体验无比怀念（"啊！哈瓦那，大教堂广场上的盛大集会，人潮翻涌，演讲、歌声、乐声震耳欲聋……"），但你至少可以确信，能在此遇到几乎所有过去几个月，你出于各式各样或好或坏的理由，一直没工夫会面的人。

午夜临近。公寓的各个角落弥漫着混乱和愉悦。各类酒瓶在人们手中传递，酒液倒进一个又一个小杯子（也有不怎么小的杯子），烟头与半空的酒瓶开始出现在最意料不到的角落。

露台狭小，亮如白昼，乌压压挤满了人：那天格外暖和，所以马克把自助餐点设在了那里。人声嘈杂，掩盖不住乐声铿锵。

中央房间点着两支粗大的蜡烛，几对情侣贴面搂抱着，装作跳舞的样子，但几乎不挪脚。我无动于衷地看着他们。一切都让我感觉是那样遥远：我已经到了一个跳舞不再是乐趣或借口、而单单只是疲劳的年纪。还有一些人，那些突然从昏暗中冒出的身影，身份难辨，在欢声笑语中蹦蹦跳跳地穿过房间。

我最终和一小群躲进卧室的人待在了一起：大约十五个人，勉强挤作一堆。正当中是古根海姆，他背靠床沿，汗湿的手紧紧攥着几页手稿，目不斜视。一刻钟以来，他一直在朗读一部短篇小说的开头几页，声嘶力竭。事先他向我们坦承，他好不容易才把这篇小说写完（我们久已了解他与文学之间的惊涛骇浪，确信他不是惺惺作态）。

每个人都聚精会神，没有一点声响。作品不易懂。其他房间的喧哗更是时不时打搅我们听书。于我而言，小说开头令人困惑的基调着实让我厌烦。故事是说一个年轻人，可以说充满热情，他以重构不同动物语言为己任，并为此进行着漫长而艰难的旅行。不过刚听到的片段，一支轻松、愉快的正宗大猩猩语情歌，让我放松了不少。

古根海姆正读着副歌，忽然，他第一次抬起眼睛，望向听众。他开始结巴，脸涨得通红，停了下来。一个女人刚刚走进房间，古根海姆和在场所有人显然都不认识她。

她的出现简直是一道绚丽光环。是的，一道我只在我生命的第十八个年头见识过的绚丽光环，从那时起，我一直在想何时可以在书本以外的其他地方再次拥有这样的邂逅。

索菲，进来的正是索菲。她与我之前见过的女性没有任何相似之处。我只在一些印度古画或波斯细密画中见过这样的人物：高且瘦，头发长且黑，皮肤与眼睛的颜色没有一个法语单词能够形容（某些蜂蜜，或者极陈的白兰地，颜色约略近似），面容精致得让人难以置信。

一切都发生在互相自我介绍的那一瞬。我们面对面。我们的膝盖几乎触碰在一起。她微笑着，向我伸出手，复述着我的名字——由她念出，我的名字又带上了那久违的甜蜜。我几乎忘了听她的名字，也说不出话。我不得不再次闭上眼睛，几秒钟。被她轻轻一握，悸动之下，我看着她的眼神一定会彻底出卖我的内心。好在她向我报以加倍的笑容。我调好呼吸，重拾言语。

我不知道我究竟说了些什么。

我们很快躲入露台惟一幽暗的角落。匆忙间，我撞翻了摆在地上的两三个酒杯。从那一刻起，好像在我们周围划下了一个圈子，不再有人打搅我们。很快，黑夜便化解了她与我之间的一切障碍，消除了一切困难。

清晨，在马克与一些尚未离去的客人——他们在厨房里，聚在一盘传统的黄油意大利面周围——惊奇目光（惊奇之中透射出一丝崇拜）的注视下，我们相拥着离开了聚会。接下来几天（这是一个蒙节假日安排的照顾，在某些年份数量格外多的长周末），我们一直未离开彼此。

三天三夜。我们游离在时空之外。

索菲立刻接受了我的爱。她告诉我，她在那一瞬，我的爱产生的那一瞬，便感知到了。只凭我第一个眼神，不需任何言语，不需其他召唤。

至于我……沉睡多年的某样东西，突然之间苏醒了。那几天，我待在她身边，我的整个视野都改变了。往往只需一个词，最出人意料、最为恰切的词，她便能为最为平凡的事物洗去它们的常规性漆釉，重新呈现它们初始的光泽与奇异性。在遇到索菲之前，基于一些不幸的经历，我一直认为女人的世界分为不可弥合的两半：一半是给予快乐的女人，一半是给予梦想的女人；现在，我发现事实并不如此。我感觉我将摆脱烦恼、焦虑的恶性循环，我将终于开始生活。

可惜，奇迹般的开局之后，事情的走向不再那么喜人。所以那个星期日，我满心希望它能开启一个新时代。

等待充盈着不安，几乎让人无法承忍。

突然，这本没见过的书就到了我的手中，它的形态让我好奇。薄，几近扁平，横阔开本，不大似日常堆砌在我工作台上的厚砖头。

事实上，我只喜欢尺寸或重量超乎寻常的书。无论回溯到多么久远的时域，记忆所及，我记得我总在与这类物件打交道：勉强才会阅读，我便在床边把书堆成柱子一样的高高一摞；这样或那样一个早晨，去学校的时候，我甚至会想方设法往我脆弱的人造革书包里塞进一两本。正是从那时起，我喜欢上了大部头的辞典（十五、十七或者二十一卷，可能的话再加上之后每年出版的增补本全套）、百科全书（特别是那些含括数十卷雕版图录的）、艺术品目录（往往充斥着彩色照片和真迹的复制品），简言之，各种"汇编"。我每每手执铅笔，一个猛子扎入其中，好不快哉。

狭长的分栏，紧凑的行距，微小的字符，这些大部头无疑要对我视力受损（我的眼镜片厚度可以为证）负很大一部分责任。但它们至少满足了我根深蒂固的、对事物进行完整盘点的癖好，满足了我分类、穷举、排序、编目的需求。

它是怎样与我那些书混在一起的，这个完全不在一个重量级上的入侵者？肯定是有人把它放在了那里。但会是谁呢？我几乎不再接待访客：我当时那持续阴郁的状态在相当程度上吓跑了一部分友人。再说了，自从我上次整理以来，没有人进入过我的书房（当然，除了索菲，但她也很少进来，因为这个屋子几乎没有光线透入，她不喜欢）。

反正我当时准备将这本书放回我将它从中抽出的那一摞书上。想到我迅速中止阅读节省下的时间，我内心窃喜。我甚至庆幸当日自己的做法不同往常（是因为有模糊的预感？）。事实上，拿起一本书，我的习惯是绝不从第一页开始读,因为它们总是招徕过火,不合我的口味。我不喜欢被禁闭在一条恒定不变的程途中,仿佛我们依旧身处需将古老的羊皮卷轴慢慢展开,一折一折、一列一列依次阅读的时代。相反,我喜欢自由惬意,喜欢长时间逡巡在新书近旁。我触摸它。我嗅闻它(有一日应该写一整篇关于书的气味的论文,如此多样,如此清晰:纸香,有些仿佛带着遥远原产地的气息;墨香,如同血液涌出的腥味;当然还有无数制作精装书壳的皮革味道)。我翻阅它。然后,我久久地定睛浏览,一路注意一些触动我的句子,更多时候是一些语词:我从不会错过"词""读""说"这几个词("街"或"迟"则不同)。这样的程式颇耗时间,但至少能让我安心,每次我都能清楚地知道一旦我现在或者将来决定正式开始阅读——届时不会被任何事情打断——等待我的将是什么。

但在与这本书言别之前,估计是彻底的告别(因为谁知道下次再有一本如此开言不逊的书偶然落到我手上会是什么时候?),我想再仔细地研究一下(哦,我会做得非常快):事实上,与一本书正式分手,即便是一本糟糕的书(但是,没能深入到一本书的每一个幽微角落,又怎么能确定它糟得无可救药呢?),对我来说总是一种难以忍受的撕裂。

两个独特的细节——我很惊讶我一开始竟没有看出——此时让我觉得十分触目。

首先，寻常归属于作者名字的地方，无作者的名字：书脊，封皮，甚至里面的书名页上，遍寻不见。我能找到的全部信息——还不太好认，因为一大块暗色污渍让文字难以辨识——只有"奥伯纳[6]，马提亚尔印刷厂印"，未标注日期。作者打破传统，不愿冒险暴露身份，作品呈现出匿名之作的所有特征。这让我极其别扭：我喜欢知道谁在与我说话，特别是这个人还要赶我走。我心里琢磨，是什么理由使得这家伙（这个方才让我发怒的粗鲁之人）选择了逃避？话说回来，这还真是个奇怪的文人，显然不属于梦想凭借作品将名字铭刻于读者记忆之中的那一类。

不过我不打算在这一点上耽搁太久，尽管它很重要；以后总有时间去研究。另一个更出乎我意料的特别之处使我驻神凝眸：书名的独特外观。它也一样没出现在封面上（也就是说封面没有透露任何信息），而是清晰地浮现在首页中央，单摆浮搁，厚重一团，无法辨识。

诚然，我不是不知道大多数作者偏好晦涩、模糊，甚至玄奥的书名，他们认为这类标题最易唤醒读者的好奇心（应该说读者的好奇心总是睡不太醒）。我甚至愿意承认，近些年在此领域，的确有不少相当耀眼的发明，它们在我眼中与填字游戏一些令人叫绝的提示（一位友人专事此种收藏，一有满意的发现便知会我）一样回味无穷。然而，这次情况不同：我无法辨识一个就在我眼前躺着的书名。更绝的是，无法识别组成标题的字符的来源！完全就像不识字一样！

这样的事在我生活中极少发生，而且仅在一些极为特殊的情境。第一次，那是很久以前，在一家那种铜件光可鉴人的"大酒店"，一名身着黑衣的领班，庄重地把一厚册完全用哥特字体写成的菜单打开给我看，我当时还是小学生，光是他那部巨大、苍白的颊髯就已经震撼到我了；或是，更近一些，我的朋友福楼扎克让人将他几篇文章的日语译本寄给我的时候。

于是我陷入疑虑，感觉事情不像第一眼看上去那么明朗了。一个毫不客气、直接把倒霉的读者拒之门外的开头，一个不敢署名的作者，一个拒绝被人识读的书名：一而再再而三的怪事让人疑窦丛生。少不了有这么一问：面对我方才读到的那一页，我的反应如此激烈究竟合适吗？

一个老资格的读者（在这个世上，除了成为这样一个什么都不错过、对自己这项爱好内在的优雅与风险了然于心的读者，我别无他求），耿直地对一个文本按原意照单全收，这合理吗？有必要对语言的透明性、对作家的诚意信任到如此地步吗？单纯，这在今日已经不合时宜了。随便哪个小学生（当然，只要他从良师那里获得了良好的教育）都知道，必须提防字面意义，挖掘深层的影射。

再说，我总不至于因为这是作者本人所为，而相信这只是一种形式的审查而已！如果我只能像一个混沌无知的人那样，服从命令，放弃自己的判断自由，简言之，让一个陌生人来左右我的态度，那我岂不是白读那么多书了？见鬼，我最终自忖，这时候千万要记得，阅读的奥秘，如果存在的话，在于抗争，而不是屈从！

因此，我决心保持极度之醒惕，除非思考成熟，措辞谨慎，否则决不做任何评判。没错，我要像念经一样反复告诫自己，形式是流动的，不复存在恒定的美的标准，不要因为表面的怪异而大惊小怪。这很可能仅是（在这个日新月异的时代谁知道呢？）一种时尚的迹兆。一种我还不知道的时尚，要么，因其如朝菌、蟪蛄般短命，以致尚未为我听闻即已逝去，即便我总是尽力掌握最新的动态，要么相反，它仍处于孕育之中。

这时，一道直觉穿透我的全身。那种在最意料不到的情境下将你吞没的强烈直觉。这通常发生在一个人远离家园的时候，在一些似乎拥有独立时空的地方：一座位于迦太基[7]的别墅，金色的小客厅，橙花的芬芳浸润了一切；圣诞节当日，晌午时分的烈日下，在一架从高空飞越内华达沙漠的大型波音客机里，身边几乎空无一人；诺塞拉和纳尔迪之间低速穿越亚平宁山脉的夜行列车，幽暗的车厢，白雪覆盖的山峦，即将进入一条长长的隧道。我试过，但很难抵御这类突然涌出的念头，它们显得那样确凿，不由人不笃信不疑。直觉持续几秒，感官仿佛放大十倍，头脑中灵光迸现。

"错不了了，"我心说，"看来我面对的是一个比看上去复杂得多的文本。它的每个词背后都可能隐藏着七个典故，每句话背后九个来源，属于那种寓意丰富，读者可以从无数角度去阐释的文本，真意可能在第二层，或者第三层（谁知道呢，或者还有第四层？）。"

我有很多理由对这类作品感兴趣，它们能够满足我长期以来未敢告人的一些痼习。那首先是一种无疑隐蔽在我大脑深处的怀旧倾向：希望看见事与物的涵义能够重新如旧日那般明晰。其次，是我稍长后形成的一种信念：我进入了一个突然一切都是预示的人生阶段。还有最关键的，一种吊诡地与前述两点形成互补的感觉，那就是真（假如果然存在某物与这个名称相应的话）尤其显现在其自我隐藏的努力中。

"我的这位作者，"我自思，"是否恰恰就属于这类制谜人，摆出一丝不苟的公证人的样子，却以晦涩为乐，不惮设计传递神秘或者愉悦的信息？"

这个假设绝非异想天开。

因为我现在忆起我可能是如何获取此书的了。情况比较特殊。我恍惚记得它好像是这个夏天，一位旧时学友近乎白给地转让给我的一小批书籍中的一本。那是他做出版遭遇重大挫折亏空殆尽，在布尔日[8]布尔登林荫大道尾部达悟街拐角处布弄旧书店后不久的事。

译注

1. 拉丁语:上锁的房间会引来盗贼。强盗不会关注那些展示在外的东西。出自《塞涅卡道德书简》第六十八。
2. 法国诺曼底城市。
3. 法国西北部城市,诺曼底大区首府。
4. Henry Purcell(1659—1695),巴洛克时代英国作曲家。
5. pense-fesses,直译"想屁股",是对pince-fesses(伤风败俗的舞会,直译"捏屁股")一词戏谑的变造。
6. 法国东南部城市。
7. 突尼斯北部海滨城市。
8. 法国中部城市。

3

多年来,这位友人的命运不断给我制造担忧的机会(的确,涉及珍重之人,我较易忧虑重重)和冥想的主题(我承认,自己对冥想有种抑制不住的偏好,一点小事就能让我陷入其中,然后便怎样都唤不醒)。因为,古斯塔夫·德·福楼扎克先生不是普通人。容我至少给您讲一段他的故事,您不会太有意见吧?

福楼扎克不太愿意谈及自己的出身。他说:"我不是那些拿祖辈当挡箭牌前进的人。"只是他的人生已经被打上了深深的烙印,远甚于他呈显出来的,甚至远甚于他乐于承认的。几番查证后,我发现他是一场极其传奇(但并不是不可预料)的结合的果实。他的父母——我乐于想象他们年轻、美貌、疯狂相爱——他们不顾两家人的反对,毅然秘密结了婚。那是让人不堪重荷的两家人，直接源自外省的旧社会，相当刻板，仍沉浸在上世纪的傲慢与偏见之中。一方是靠外科发家的鲁昂大资产阶级，一方是坐吃山空的图尔[1]旧贵族；这一家不认可年轻人被情感这样虚幻无常的东西所驱使，认为两人结合是一个错误，严重有违教育准则；那一家，没那么不近人间烟火，认为那只不过是一场不会持久的喜剧。顶撞，不和，破裂，出逃：愠怒的年轻人最终远离了累赘的父母，来到布尔日定居。古斯塔夫便在那里孕育成长。

五岁时，他有一次没能分清字母p和q，他的第一个老师——老师体味浓重，古斯塔夫不喜欢她——便不屑地对他说："你呀，你是永远不会阅读的了。"从那天起，在父母的鼓励下——他们将大部分时间与精力都贯注在了他身上，古斯塔夫练成了解读古文字的特长，玩耍一般地学会了世界上几乎所有字母。

接着，他很自然地来到了巴黎。顶着轻易摘取的桂冠（大学里，他的每一项研究都会引来好评如潮）施加于他的光环，他很快就在我所在的小圈子里赢得了一个特别的位子。

运动员身材（他比我们所有人都高出一头，所以不得不总是微微佝偻着身子），过早变得灰白的连鬓胡，无比温柔的蓝眼睛，他魅力十足。但他同样令人起敬：拥有仿佛无限的工作能力，浑身激荡着狂热的求知欲，他生来就该去编百科全书。他也确实成了一名这样的人。他的青春岁月，我可以作证，全被投入于漫长的一系列与学术有关的阅读。每次，他都激动万分地为我们作简报。他对于专有名词、恰当表述的执着，让他有时在我们几个不太宽容的朋友眼里显得有些卖弄。

他自律甚严，只有少量业余活动，而且一点不声张（把肉麻当有趣到处宣讲从来不是他的强项）。譬如，他对书信相当重视，大家都知道，绝不能在他一个人躲起来"誊抄新邮件"时去打搅他。这项每周都要重复一次的妙棘的任务似乎吸噬了他大部分的情感生活。因为在此域界，虽然表面上看不出，但他其实更像基路伯而不是唐璜（然而是一个阵发性情欲泛滥而非好勇斗狠的基路伯[2]）。他与一群异域情调的轻佻女子（我们不明白他是在何地、又是如何认识她们的，因为他很少走出他那永不开窗的单间公寓）在书简中谈着纸上的恋爱。有时候，她们当中个别人会不请自来，5月或10月，一个晴朗的早晨，嘴上挂着笑，手里提着行李，按响门铃。她们从不停留很长时间。

我们反复对他说——对于像我一样有幸（偶尔）收到他的来信，或（更罕见）听到他朗读这本他不愿谈论的"日志"片段的人而言，这再明显不过——他是当作家的料。这一感想，特别当它从亲近之人口里说出，格外令他不悦：我们显然触到了一个敏感点。不过他会回应。有时，长篇大论，滔滔不绝，引经据典，少不了提到一些显赫的名字，维吉尔，果戈理，或卡夫卡。

然而更多时候，他借用俏皮话，视心情采用不同风格。他想表现讽刺？那会是这样："作家的料，是啊，但这块料子做两件套大概不够。"有时缩减为："一块只够做上装的料。"苦涩？"永远不可能真正写完一本书，何苦要开始呢？"戏谑？"我看不出憧憬一本书与撰写一本书之间的差别。况且，真正的书又岂是任何一本书能比的。"大彻大悟？"字词之友从不缺少保持缄默的合适理由。"我们并不总是知道该从哪个方面去理解他的话。

但我大概知道是什么造成了这种不适。倒不是因为他乐意向我解释；对我，他总是一成不变地以这句话作答："我一直觉得自己对缄默来说够成熟，止此而已。"事实上，我的这些猜测是在我和他共同工作的时候冒出的：我们一起长时间思考、谋想，我至今想起那些时光仍备觉珍贵。福楼扎克虽然一点瞧不上他笑称"群体文本性"的东西——他从来只承认集体抱负——但实践起来毫无顾虑。与我在一起,他偏爱唤起最古老的争执,再引用他人的话语——他也不作翻译——盖棺论定。整部艺术史或者文学史在我们面前展开,而在他眼中,那不过是漫长的一系列暧昧、踌躇、修饰,以及死路……

因此我得以借机记录他对某些人经常性的嘲讽,他们写不好报道、短篇(这要求简明、严谨、准确的文笔),只能去著书,乃至好几部。我觉得——不知是对是错——有一次他在与马修激烈讨论时顺口说出的一句话颇像心迹的表露。他说,他很是怜悯那些"最终被撰书强迫症吞噬了阅读时间"的人。事实上,他属于这样一种人,对他们而言,阅读既不是乐趣,也不是闲遣,既不是避风港,也不是借口,而是一种使命,惟一的使命。

然而,我无法不去想他其实是一种荒诞时尚的牺牲者,并想象若在一个世纪前他的命途会是怎样。一肚子他积攒起来的那些学问,他或许会去近东或远东的某个国家。那里,持续多年杂迹于为他虔心效力的一群土著工人,他会幸运地寻踪到古老、珍贵的文献,耐心解读,沉醉于由此产生的最离奇的空想之中。回抵巴黎,他会即刻发表他的发现,配上大量版画插图，立刻并持续赢得所有文人的尊重。接着，他勤勉耘耕，最终挣得法兰西公学的教席，或赢得法兰西铭文与美文院的座椅，又或许二者并而有之。

但终归不是这样。他拒绝写作，如同坚守于一座要塞，就好像他清楚知道，自己一旦莽撞地出击，就不再无懈可击。

他决心成为出版商的事让我颇觉意外。他不是要出版新书，促进一种其所憎恶的恶性泛滥。而是相反，尝试间接地抑制这种趋势。因此，有些人一定还记得，他专门挖掘被遗忘的作者与被湮没的作品。他的敏觉力与学养迅速缔造奇迹。许多杰作，因作者过于低调没能得到公正待遇，埋没不彰，即便在后世，也未能获得应得的荣耀。福楼扎克让这些作品重见天日。一大批读者由此发现还存在另一个文学世界，开始习惯性地购买他每季度都会推出的几本新书。这些书包裹在淡绿色的封皮中，制作雅致。很快，他创立的柔草出版社就成长得郁郁葱葱，搬离了偏僻的浪涛街（一幢古怪的矮楼，一长条，当中有个阳台，还有一个植满玫瑰与铁线莲的狭窄花园），定址在一座典雅、安静的楼房的底层，离圣叙尔皮斯钟楼一箭之遥。这一成绩当然为他在业界招致劲敌。但他浑身充满发现者的激情，不惮为这样的挚爱牺牲仁慈的命运如今不吝赋予他的些小成绩，一门心思只想实现他所期盼的人生巅峰之作。那是一个宏伟的计划，涵盖全世界所有地区的文学，为此，他在各国高薪聘请了数百名合作者。不多久，他即宣告破产。他回转布尔日，经月杜门不出。

当他终于重拾信心，未来生计的问题再次提上日程：须知他绝不可能离开书籍，放下与文学的倾心深谈，该怎么办？

他想过开一间阅览室，类似孩提时代，维维安拱廊街侧径上他偶尔去过的那家。不知何故，他时时回忆起那个地方。日复一日，他将温和而执着地，在一列列超载的书架和一张张绿色天鹅绒铺面的小圆桌之间，用他的所知，将他如皮格马里翁[3]一般热切寄予厚望的一群忠实女会员游走不定的好奇心引向全宇宙文学的最高峰。每月，他将为这些会员举办多场读书晚会，他将应景地穿上他雅致的黑色晚礼服，戴上他垂着金色流苏的天鹅绒高帽。整个阅读过程中，他少不了还能瞥见（因为极致的苦厄并未改变他美丽、率挚的眼神）最虔诚的听众们那笃信的眼波。

人们劝阻了他。颇费了些工夫。

看到的一则小广告使他得以几近免费地租下了一个旧面

包店。他粗粗地做了些临时的修缮，把那里改造成他的存书仓库。

这个在他租用时简直就像一间破酒吧（布尔日的"上流人士"因此始终拒绝踏足）的书库，有一点非常特别：从地面至天花板，也不分类，塞满了几千本书。它们并未如通常那样摆列在书架上（因为书架在这里根本就不存在），而是堆成高高的一摞一摞，一碰就倒。因此，倘若你不想突然之间被一场"书崩"埋葬，走在当中必得小心翼翼。它们是一个辉煌时代的最后遗迹。出版社倒闭之时，执达员与债权人（幸运的是，他们并非此中行家）认为这些书毫无价值，没有查封。但随着一批装满小精装本（一种珍稀的浪漫主义风格精装本）的大纸箱的到来（几十个，出乎意料）——那是出自鲁昂祖母的临终馈赠——藏书又增加了。店堂里变得如此拥挤，亟需开设一个附属仓库来存放这批新宝藏。福楼扎克于是想到使用旧面包炉，宽敞、幽暗的地下空间，仅能由一条窄得容不下两人并行的狭长甬道进入。

他把不想呈显于大庭广众的书籍藏在这个类似某种洞穴的地方。起初，他喜欢独自待在那里，如同在一个信仰地域：他会待上几个小时（漫长、充实，仿佛好几天），打开载有某些主人公事迹的书卷，把他们召唤至身边，立刻被他们附体。待走出这个闭修之所,重见日光,他双目难睁,即便是在自己熟稔的境域,他也步履踟蹰,像一个找不着路的人。

他独特的收藏可以用来做什么呢?这个问题让我们的朋友绞尽脑汁。

我们知道,他与每一本书,有些是多年以来(若干种甚至是从童年起),保持着极度亲密的关系:他知道书的作者、出版日期,对内容倒背如流,还记得第一次翻开那本书那日的天气。哪怕只是想一想散尽藏书、与它们分离的可能,他都会反感至极。

不过我们好几个朋友还是建议他,就算没法开具一份真正的、完整的藏书清单(这会花上好几个月),至少为那些珍本书制作一份目录:肯定会有很多书商对此感兴趣。

他着手盘点。我们也去帮忙。这对他是一次严峻的考验。

诚然,这项工作让他得以重新接触一些从出版以来,估计除了他不曾有过其他读者的文本。但最主要的,是他得以亲手感知某些藏书的破损程度。每次爱惜地拿起一本在他看来延续了他一部分生命的书,结果发现其品相不佳——书角或书脊卷边磨损,页面上出现水迹、霉点、污痕,插图泛黄，有潮斑，搭扣缺失，蠹虫蛀蚀——都让他心如刀绞。几个星期之后，他不堪忍受，放弃了。

但他渐渐有了割舍某些藏书的想法。突然，他便做了决定。重拾挚爱的"柔草"品牌，他把仓库改成商店，向公众开放。然而，必须指出，这些书籍之中的大部分并不适合招徕那些偶尔流落此间的倒霉主顾。因为这座小庙没能找到配得上它的忠实信徒，上门的顾客既少且杂。冬日午后，四点左右，夕阳斜照，退休电信员工，踮平底鞋、戴圆眼镜的女中学生，拎购物袋的家庭主妇，先后如幽灵一般轻轻踏入店堂，在脆弱的纸柱周围久久游荡，多数时候空手归去。但有一次，8月中旬，一名从一辆灰色大轿车上下来的日本人，长着少年般的脸庞，走的时候，笑意盈盈，捧着莫里斯·萨克斯[1]在汉堡附近的福尔斯比特尔监狱关押时批注过的那本英语版《爱伦·坡格言》。

因此，古斯塔夫决定至少将其部分宝藏用作别途。他经常性地从中抽出几本——在他看来，比起在布尔日等待年月不可避免的缓慢侵蚀，这些书值得更好的命途——赠予（他有时同意收取的近乎象征性的交换金额使人无法视此举为售卖）路过的友人。对于这种牺牲，他有一句说辞："我要不懂得失去这些书，岂不是什么都没从中学到。"但或许这也是一种维持与奖励某些人的忠诚的方式——如果没有这层吸引，他们说不定就不会如此勤勉了。

以一种奇迹般的本能，他总能猜中适合每个人的书，他的选择与推荐从来没让我们抱怨过。我更是比任何一个人都少。因为我把他的话奉为圭臬，我的许多宝贝藏书都是拜他所赐。

多亏了他，我得以接触到休·维莱克[5]（他向我引荐的众多作家之一）的终极杰作，《通行权》（*Droit de passage*）。他还专门找出玛蒂亚斯·弗兰奈里[6]绝版的（战争期间被德国当局下令销毁）两部孪生小说（《熊皮记》[*La Peau de l'ours*]与《黑暗的猎物》[*La Proie pour l'ombre*]）送给我（还带着一丝坚决的微笑叮咛说无论如何都不要转让）。我之前只读过这个作者的一篇莫测高深的评述，《俄尔甫斯的目光》[7]，当时服膺得五体投地。

我回想起我们共度的那个下午。

那天是星期日。微雨自晨起飘落。他穿着绿色的雨衣迎接我。他的微笑顿时让我放下心。"啊，"他一边欠身与我拥抱，一边大呼，"我就是这样，你看，雨水潺潺的星期日让我快乐……让我年轻！"我们聊着天，脚步不停地往他的办公桌走去。我们的谈话从来都是不讲客套直奔主题。这次见面同样依循了多年来的惯例。

首先，倒上一杯茶（与我喜欢喝热茶不同，他更喜欢温宜的口味），聊聊与他如过去一般保持着定期联系的老友们的近况：听上去一切安然。

接着，很快触及永恒的主题，书。我们以前一聊便是好几个小时。

福楼扎克总会拿出些稀奇货供访客赏玩。那日，他为我从一个象牙嵌饰的匣子里取出一本非常独特的《塔木德》[8]：精美的猪皮精装，让它成了对于那些理当被其俘引之人绝对不可触碰的东西！接着，他飨我以各种轶闻琐事，我还记得至少其中一则：一名忍不住要对其承担的文稿做极其微妙（且极其变态）的修改的排版员……

我喜欢这些时刻他谈笑风生，吸化一切、再现一切的才情禀赋。"这算什么，"他说，"你只需要知道在正确的时刻打开正确的抽屉就行。"

漫不经心，爱发反论，偶尔稍稍嘲笑几句（以伟大"先辈"的名义，他对几乎所有当代人都略显不公），但终究宅心仁厚，他能一个微笑化解我的情波绪兀，一句话纠订我的判断失误，对我的无知表现出讶异（因为我在这些方面通常是够让他操心的）。但他有时也会用一种不那么自信的语气；他甚至会怀疑，也不回避我，在这点上我挺感谢他。

下午最后一个节目，散步（与其他环节同为惯例：惟有路线会有调整，往往也只是轻微调整）。虽然雨势不止，但我们还是选了"大环"，由风险小径（l'allée des Aléas，按常理这一时段不对行人开放）直至大教堂根脚。福楼扎克从童年始便熟稔教堂的每一角隅，时常前去觅寻忆迹，百游不厌。他研究过那里收藏的每件圣物，梳理过每个圣堂的历史，确定了每铺彩绘玻璃上画的故事。他最青睐的一项游戏是找出彩绘玻璃的捐资人并确定他们的名字。他在我视线外、应景地用一种奇怪的混合语和看不清讲稿的讲解员断断续续的腔调解释说，有时，捐资人直接出现在彩绘里（一个突出的、有讲究的位置：比如在一条特别的轴线上，或者选在一个交叉点），经常由他们的主保圣人陪伴，有时则仅由其纹章或者一个对外行来说更加隐蔽的细节代表。每当他揭晓对每一铺彩绘而言，捐资人的身份滋养艺术家创作激情的微妙或者逶曲的方式，他总是津津有味，像是赢得了一场个人胜利，

那日，他没管彩绘玻璃，而是带我去看"最后审判"门[9]上的三角楣。这是他的最爱。死者复活的场景让他再

一次流连忘返：裸体人物、栩栩如生的艺术再现总是让他痴醉。

回程时谁也没说话。途中，我有点喘不上气，我们在覆盖一片山丘的矮松林中歇了歇。与我上一次来的时候相比，这地方没什么显著变化：一样的小村庄被一样的阴霾所笼罩，阴霾一样遮蔽了天空、树木，远处的几幢房子，房子的逼仄花园。

简短的晚餐（蚕豆浓汤，牛肩瘦肉，与他自小喜吃的甜品——圣奥诺雷奶油果子饼）后是长久的告别，我离他而去，腋下夹着一包书，那是他为我准备、我们一起穿过狭窄的甬道从他的附属仓库取来的。这个包裹显然比之前所有包裹更沉，打包的绳子那样粗那样糙，让我大感意外：这不像我朋友一贯的精致作风。

我没来得及向福楼扎克询问新包裹里有什么，这不符合我们的习惯。送我到花园门首，晚风把声响刺耳的铁栅栏门在我们面前重重碰上，他只说了这样一句："哦，你会知道的，你会知道的。我相信这是你此刻需要的东西。记着：太优秀的书令人绝产，因为它们无可比拟。"略一沉默，他又补言道："万一，如果你不喜欢这几本，你可以随时寄还给我，一块，或者分开寄……"我刚把花园门重新合上，一只在附近橡树上筑巢的小猫头鹰突然飞起,擦着我的面颊飞过。

到家的当晚,我快活地连挥数刀削断绳索——它的坚韧让我始料未及;接着又花了点工夫把那几层厚厚的包装纸拆开,取出书册(七本,如果我没记错,或者八本),小心翼翼地拭去某几册变硬的封面上嵌粘的油腻发黑的尘污。处理完毕,不甘地抑制住自己的好奇心(我忘了当时我有什么糊口的活必得完成了,那活实在是拖了太久),我把它们垒在书桌左上角,那里是我的新藏品在最终入藏书柜之前必先于斯等候的一种"净界"。因为在我的书斋,上架之事不可轻率,要花点时间好好筹划。

关于这件事,我一直铭记马克重复百遍的教诲。"书籍构成一个家庭,"他说,"一架书是一个有生命的机体,必须被以此看待。"我甚至努力一字不差地履行这一教诲。每本书在书架上的位置在我眼中不是无所谓的,而是由一连串很是复杂的因素决定(且服从于周期性变化)。其中自然包括作者姓名、涉及主题(单个或者多个)、开本大小、版本质量或者珍稀性等元素;但事实上占主导地位的是明显更主观的对作品意义、潜在使用频率的考量。因此,一本入藏的新书,在赢得一个固定属于它的位子默默长眠之前,会因我的心情或者需求，被放在各种地方，有时是完全意想不到的地方（浴室的搁架上，书房的沙发下，或者厨房的冰箱上）。

几个月过去。幸亏最近在电闪雷鸣中降临的秋雨，我开始补上自己的一些延迟。但我还没顾得上布尔日的那些书，甚至也未认真清点过，虽然我努力了，其中还是混进了一些新的购藏。

因此，开场语冷若冰霜的这本书是那批书里我上手的第一本：可见这本书既非无关紧要，亦非无足轻重。我越是寻思，就越是觉得来自我直觉的假设——某处藏着什么秘密——有道理。

我知道，一段时间以来（当时得知此事我真的是很惊讶，也颇觉有趣，因为这个人，至少在我眼中，与标准的神智学家或炼金术士不太挨得上），亲爱的福楼扎克对密码兴趣浓厚，甚至不讨厌偶尔把玩秘术。我真不知道这种癖好（无疑是他避免回忆过往失利的方式）源自何处，也不知道他会在这条道路上沉迷到什么程度。我什么都没问他。虽然我们很熟，可贸然去问，估计除了一个略带嘲讽的友善微笑，我得不到别的答案。

但我可以证明，在他所剩的私人藏书中——我对他的藏书很熟悉，正如我了解所有我珍视之人（假如我不知道他们日常沉湎于哪些书，我对他们肯定就没那么珍视）的藏书——精心汇集、归档有卡利德[10]、富卡内利[11]、古根海姆[12]、特里特海姆[13]、博斯克[14]、维吉内尔[15]、维尔纳夫[16]、安贝兰[17]、阿加佩耶夫[18]与乔利埃[19]，更不用说还有（因为某些藏书的优点就是让并无机会相遇的作者比邻而居）奥古雷利[20]、老布尔沃[21]、富祖里[22]，以及神秘的比尔纳克等人的著作，后者几近绝迹的《零章》（*Piéces détachées*）以山羊皮圆角精装，制作精美，在奢华的乌木陈列架上耀武扬威。

我同样记得那个夏日，我连续三次磕到一个小圆凳。见我注意到圆凳上石榴红的一部巨册，他面露微笑。

"小心点儿！你好像跟我这本'米桑赫罗夫'（*Mizan al-huruf*）有仇啊！"

见我诧异地圆瞪着眼——因为任他如何博学，福楼扎克的喉嗓总应付不了阿拉伯语的发音（事实上，我听到的是一句介乎"我的驴子和它们的教主f……"和"密斯安娜长着红屁股"之间的东西[23]）——他用一副倨傲甚于教导的语气补充道：

"不信你看啊，'米桑赫罗夫'，《平衡之书》（*La*

Balance des lettres），贾比尔·伊本·哈扬[24]作！列出了古希腊、罗马以来哲人智者用过的所有玄秘字符……用来把他们的思想打扮得玄奥难解。"

说着,他捧起那厚厚的一册,在我眼前慢慢翻动。我于是隐约瞥见书页上画满了图案:述意文字,符号,线描,有一些简直美得让我过目难忘。

看到如此奇异的图案竟和苏格拉底、柏拉图、亚里士多德、毕达哥拉斯、阿斯克勒庇俄斯、赫尔墨斯[25]与波莱蒙[26]的名字列在一起,我不由惊叫出声。他真是大度,索性又耐心地向我展示他收藏的让·特里特海姆的《隐写术》(当然是里昂1549年的版本),把介绍字母置换规则的那几页("著名的",他强调说)翻给我看。

我当时对这些细节自然没怎么上心。但现在,当这一切以一种格外突兀的方式随着方才将我浸没的直觉重新浮现,全都再清楚不过了。我手里的这本书估计就是这批多少与神秘学有关的藏书中的一册。

但它为什么会到了我这里?

我想到两种可能。

或许福楼扎克有意启迪于我,偷偷把它塞进给我的那包书,以让我有机会更好地了解一个我事实上知之甚少的域界？然而这一点不像他的风格：他不是那种想要在老同学里发展新信徒的人。即使他有此念想，也绝对不会考虑使用迂回曲折的方式来达到目的。恰恰相反。他老爱唠叨交朋友没有只交一半的，坦率直接才是他通常的作风。所以？

那就只剩了另一个假设，可能性更高：他只是搞错了。一个所有同时管理大量书籍的人会犯的、不幸如此常见的迷糊。

我知道福楼扎克近期恢复了他不知累乏的劳工习惯：他甚至成了五六家美国期刊（特别是菲奇温德大学[27]学报）的宠儿，为它们提供各种学术文章。他完成了多篇译稿（包括蒲松龄的《聊斋志异》），一篇题为《从雅里到劳里[28]》的比较文学研究，以及一篇关于藏地史诗中罗马记忆的翔实论文。但尤其重要的是，他决然推翻了自己那个原本似乎不容更改的决定，考虑写一本书。一本概论。为此，他照例搜罗了丰富的资料。不过谈及此事，他言辞闪烁。我大致领会到这将是一本有关各种隐秘知识的书，将会呈现为一部独特斗争的历史，某种长久的精神围猎。

数小时的写作，结束之时，已是浸身疲惫、双目刺痛，微曦晨光仿佛翻下的百叶窗从隙罅里射出的箭矢，整个人累得只想和衣倒在懒得掀开的被褥上，根本没心思整理摊在桌上的那几十本紧张撰著时匆匆查阅的参考书——可能正是在这样一个工作之夜，误送给我的这本书和其他书混在了一起。这种时候，往往一不留神，取用的物品便再也难回原位。

我已能想象当我这位友人急需检索一则资料的出处，确核一段引文（一个让他提不起劲、拖延了几周甚至几个月但总有一天无法再拖下去的活儿），却发现，开始不敢相信，接着火冒三丈（因为他也看不到代书板，所以这事让他殊感不解），这本他在此刻迫切需要，且以为伸手可得的书（因为他清楚记得自己在书架上留给此书的位子）竟然神秘消失时的失望。我太知道自己会因为这种遭遇变成什么样，不由对他充满同情：没有什么比这些关键时刻的弃守更糟了。怨懑，猜疑，嫉恨，你会感觉遭到了彻底背叛。为了避免这种局面，我自己的书如今一概不外借。

但我立刻想到他的快乐，一旦我如现在决定的那样，次日便将书寄回，附上简短的解释，或许再写上几句半是打趣半是赞扬的读后感。这样一切便可复归原序：因疏失而被挪作他用（但幸运的是时间不长）的不可缺少的劳动工具，很快就能寻回其位，福楼扎克又能安安心心地查询了。

而我方才竟还一腔忿怒、一腔愠怨，甚至（何必否认?)带着某种不屑拒斥这本书!极为不屑,堪与我过去某些最经典的失误媲匹。

因为最初的怀疑,我犯了一个深重的错误。收回决定,急不容缓。

译注
1. 法国中部城市。
2. 法国剧作家博马舍的喜剧《费加罗的婚礼》中爱上女主人的少年仆人也叫基路伯。
3. 希腊神话中的塞浦路斯国王、雕塑家,爱上了自己雕塑的少女,终于感动天神,赋予雕像生命与其成婚。
4. Maurice Sachs(1906—1945),犹太裔法国作家,时代弄潮儿。第二次世界大战法国沦陷后曾充当盖世太保线人,后被关押于福尔斯比特尔监狱。战争临近尾声时在转移途中被处决。
5. 美国作家亨利·詹姆斯在小说《地毯上的图像》(*The figure in the Carpet*)中虚构的作家,称自己的作品中暗藏着隐秘的意义。
6. 意大利记者、作家,"乌力波"文学践行者卡尔维诺(Italo Calvino,1923—1985)的小说《如果在冬夜,一个旅人》中也有一名虚构作家姓弗兰奈里。
7. 这也是法国著名作家、文学理论家布朗肖(Maurice Blanchot,1907—2003)的文学批评名著《文学空间》中一篇的标题。
8. 犹太教口传律法集,为该教仅次于《圣经》的经典。
9. 法国布尔日大教堂正门上有以最后审判为主题的13世纪哥特式雕塑,因此得名。
10. 指Khalid ibn Yazid(约668—704或709),倭玛亚王朝王子、炼金术士。
11. Fulcanelli,20世纪上半叶法国炼金术士,真实身份不详。著有《大教堂的秘密》(*Le Mystère des Cathédrales*)一书。
12. 古根海姆及下文比尔纳克都是法国作家、"乌力波"大师佩雷克(Georges Perec,1936—1982)作品中的虚构人名。
13. Jean Trithème(1462—1516)。或根据拉丁语形式Trithemius译为"特里特赫米乌斯"。德国本笃会修士,历史学家,对星象、魔法、神秘学均有研究。他在这方面最著名的著作为三卷本的《隐写术》(*Steganographia*),并因此被视为密码学鼻祖之一。
14. Ernest Bosc(1837—1913),法国建筑师、作家,在19、20世纪之交出版了大量神秘学著作。
15. Blaise de Vigenère(1523—1596),法国外交官、人文主义学者,文字、符号研究家,密码专家。
16. Roland Villeneuve(1922—2003),法国心理玄学专家、魔鬼学、神秘学专家。
17. Robert Ambelain(1907—1997),法国神秘学学者。
18. Alexander d'Agapeyeff(1902—1955),俄裔英国密码专家、测绘师。其于1939年在普及读物《密码》(*Codes and Ciphers*)中编写的一段密码因他自称忘了加密手法至今无人破译。
19. Charles Jolliet(1832—1910),法国记者、小说家。著有《揭秘密写术》(*Les Écritures secrètes dévoilées*)一书。
20. Giovanni Aurelio Augurelli(1456—1524),文艺复兴时期意大利人文主义诗人、炼金术士,著有

以炼金术阐释希腊罗马神话的《制金》(*Chrysopœia*)。

21. Edward Bulwer（1803—1873），维多利亚时代英国作家。其作品带有浓重的神秘学色彩，在小说《扎诺尼》(*Zanoni*)中表现尤甚。

22. Fuzuli（约1495—1556），小亚细亚奥斯曼诗人。

23. 这两句话的法语Mes ânes et leur gourou f⋯和Miss Ann a le cul rouge与《平衡之书》的阿拉伯语原名读音*Mizan al-huruf*发音相近。

24. Jabir ibn Hayyan（约721—约825），阿拉伯炼金术之父。

25. 希腊神话中，阿斯克勒庇俄斯是医神，赫尔墨斯是众神的使者。但这两个名字也出现在赫尔墨斯主义的神秘学文献中——这些作品都署名"三重伟大的赫尔墨斯"（Hermes Trismagistus）。而根据这些文献，这位赫尔墨斯的一名学生也叫阿斯克勒庇俄斯，是医神的后代。

26. Polémon（约前340—约前270），古希腊哲学家，公元前314年前后成为雅典学园领袖。

27. 美国作家、《巴黎评论》前主编哈里·马修（Harry Mathews，1930—2017）在题献给佩雷克的短篇小说《部落方言》(*The Dialect of the Tribe*)中虚构的一所大学，源自他们之间的一个玩笑。哈里·马修也是"乌力波"成员。

28. 马尔科姆·劳里（Malcolm Lowry，1909—1957），英国作家，著有《火山之下》(*Under the Vulcano*)等小说。

第二乐章

Quaerendo invenietis.[1]

约-塞·巴赫

毁灭宇宙所有藏书,惟存一卷,任选即可,这一卷将成为人类思想的精英之作。

路·塞·梅西耶[2]

译注
1. 拉丁语：发掘蕴于探索之中。是巴赫在《音乐的奉献》一支二声部卡农上方的题词。
2. Louis-Sébastien Mercier（1740—1814），法国启蒙运动作家、剧作家、哲学家、记者。著有描写当时社会风貌的十二卷《巴黎画卷》（*Tableau de Paris*）。

4

于是我重新狂热地捧起那本书,我对它的看法现在全变了。

刚把它拿在手里,它便自己掀到了曾经激怒我的第一页。我一眼将它全部收入眼底。

> 来,搁下这本书。或者索性把它扔了吧。立刻,马上。趁为时未晚。相信我,你只能作此决定,别无他途。
>
> 现在,抬起头。让你疲惫多时的眼睛稍事休憩,眺望无垠的天边,只有野树、峭岩、云朵的广袤宇间。让眼睛远离这些颠倒的字句。
>
> 真是的,你从中指望什么?你又能从中指望

什么？

如果你认为你会找到一个如意知己，与一个新的友人开始一场憧憬已久、毋须克制的对话，醒悟吧，去他地寻找那个倾听与抚慰你的人。

但或者你希望有奇迹发生，会看到从这里面映射出你的些许形影，又或者忽然辨识出你的思想碎片。甚或你幻想（谁知道你有多天真呢？）觅到一种恢复自己发声能力的妥切手段。

再或者，第十一时辰的工人，你认定（因为长久以来，你已养成笃信的嗜好！）这事没你就无法开始，你是不可或缺的见证人，没有你，这里预谋好的一切就没有意义。你满心期待你的奉献能够获得回报。

除非，你只是想驱散一时的无聊，脑子里只有一个念想：尽可能远地深入未知地带，到那里去发现你从未去过的世界，那些你从未有勇气在你身边引发的快乐、悲伤。

但你有什么期待重要吗？你终将失望。

相信我，你与很快将在你眼前闪动的那些幽灵毫无共通之处。它们的命运久已封印，而你，你还可以考虑一下下一瞬你要怎么做。

所以,还要读下去吗?

现在就是你自找的了。

你毫无防备,冒冒失失地闯进了这本书。你不知道,与我一样,你冒着在此间迷失的风险。

我读完这一页,然后我又重读了一遍。

带着一种快感,因为重读之前我就确信,能在我知道每个词各安其位忠实等候我的准确位置上看到它们。同时还有长期锚植于心的一个坚实信念,那是在异常漫长的学生生涯各层级,被长年不懈的、神圣的"阅读分析"(一种我还无法远离的操练)给教导出来的:重读,总能读出更多。

但是,有如某些据说随着时间与季节的推移,观感也会发生改变的宝石,这段文字变了。

毫—无—疑—问,福楼扎克喜欢如是说。

它不再挑起方才击中我的那种剧烈的排斥感。相反,此时主宰我的是兴趣。或者更确切地说是一种出于浓烈好奇心的兴奋。但它随即被涌起的一股淡淡的焦虑冲淡:我要如何征服现在呈现在我面前的这段话?

我觉着呼吸加速，面颊上，一丝轻微的炙热蔓散开来。我激动得如同奔赴第一场爱的约会。甚至还要更激动一点。因为能有第一场约会意味着双方已经有了一定的默契，一段虽然短暂，却已共同走过的道路。然而我和这篇文字还只是在起始阶段。

我突然有了一种重新经历少年时代某些时刻（不一定是最糟糕的时刻，至少在我的记忆中）的感觉。

那是面对那些我还声音微颤地谓之为"少女"的人儿的时候。她们让我紧张。我尤其害怕放学时，她们三人或四人一组，聚在高中对面的大广场上，或是星期六晚上，例行地在我们这个远郊的中心街道缓慢散步时，发出的刺耳笑声。

那时和今日一样，我不爱迈出第一步，人人都说"开头难"、但没有它就没有之后的第一步。或者更确切更坦率地说，我不会这第一步。我总是担心自己做过头，或做得不够。只有幸而达至以书传情的阶段，我才开始觉着惬愉：至少这一阶段不会给我造成任何问题，因为有一天从一个同学（可怜的家伙，他甚至不知道自己拥有这样的宝藏）的书架上，我毫无歉疚地拿了几本书，足以在相当长的一段时间内为我的爱情通信提供养料。

所以我便等着，嗓子眼发干，等着我的意中人（通常是在极为隐蔽的眼神交流之后，或是趁着课间休息时学校窄小的操场上一片喧闹，在老师们的虎须底下，或是在我们惯于光顾的超级火爆的咖啡馆里屋）决定自己向我走来。我的全部恋爱策略（这一惟在那些忙于征服、不以爱情为意的人手中才显出空前高效的策略）曾可长期归结为拉弗格[1]的一段二行诗，那是我偶然从一本诗集中撷取到的——我那时便爱读这些书：

> 哦，愿她，趁着良宵，自己来到我身旁，
> 一心渴饮我的口唇，至死方休！

这两行魔幻的诗句，我反复默念（但是带着一份虔诚，一份近乎数月之前我诵念日祷时的虔诚），同时用眼角余光窥伺我未来情侣接近的身影，有时是兆示颇佳的坚定步伐，有时则小心翼翼，甚至踌躇不决。最不可思议的是，这招竟然管用。当然，谈不上屡试不爽，默咒也非百念百灵。但是，这是一个事实，令我欣慰的事实：奇迹有时真的发生了。不止一人朝我走来。或许她们本能地知道，对于这种自发的奉献，我将感激靡涯。

因此，我让自己的注意力稍稍浮动，视线如一个溜冰

者，在文字表面漂来滑去，忽左忽右。但是，与溜冰者相异（溜冰者视脚下有深渊，努力避免跌入其中），我所有的努力目的是打破坚冰，并希望一个词，一个短语，能浮现出来，起到路标的作用，助我解开萦绕在心的小小谜团。谁知道呢？或许我能像达·芬奇一样走运：某日，他从一面旧墙的裂隙中看出一幅完整的画稿。

这基本是随后发生的事情。很快，这篇文字开头部分的两个词跃入我的眼帘，以一种异乎寻常的执拗闯入我的视线。当然，这是两个动词，它们发出的倨傲指令事实上道尽了整页内容。

"搁下"，"扔了"，这段话如是说。连用两个涵义相近的动词不可能毫无用意：既然用了"扔了"这个更强烈的词，何必还留着"搁下"呢？在我眼里，很明显，"搁下"（pose），四个字母，决不是简单（而且在此实属无益）的重复：它在传递一个信息！

也不知为什么，我立即明了它至少传递着两则信息。第一则容易辨识：这是一种对果敢的鼓励，因为在pose（搁下）之下（首字母p明显只是起诱饵作用），是几乎不加掩饰的命令式的ose（敢）。第二则需要我稍作额外努力：它只在我决心以回文方式倒念pose这个词时才呈现。这便得出

esop，也就是说与Ésope（伊索）结尾只差一点（但这里只是一个哑音e，少了它完全不影响发音。此外，在第一种解读中我不是还盈余一个字母吗？）。伊索，一个显然不是偶然出现在此的名字。

至于"扔了"（jette），解谜所花的时间更少。因为它蕴含的信息再明晰不过。只需通过基础语法稍事迂回即可。的确，我怎么可能聋到那个地步，听不出对这个单词的分析，"动词'扔'（jeter）的命令式单数"，其实与意蕴深长的"动词命令式单数：'我沉默'（je tais）"发音相近？由此，我也找到了用"你"的原因：我以为那是倨傲的表现，实则又一个提示而已。

我的想法顺理成章地得到了证实：这份独特的文本暗含玄秘（我沉默），须以果敢气度（敢）去发现它，而且它多少与伊索有关。对啊，伊索，那个寓言家，一个口吃的人，或许还是思考（原因明摆着）语言及其用途的第一人！

这一切只花了不到一秒钟，我纵使还没有解密的匙钥，至少找到了像样的线索。只需继续下去就行。

可惜，才跨出这第一步，文本又变得封闭起来，再不愿给予我什么。看好戏一般，它留我一人继续俯读，赋予铺展在我眼帘之下的文字一种意义。

我决定马上回报这份关照。

但是我立刻遭遇一个问题：怎样由假定为加密的信息出发，去还原相应的信息明文，我可是对加密方式一无所知啊？我要进行的是一项真正的破译工作。对此，我并不害怕，因为对过去一些阅读的回忆再次拯救了我。

事实上，童年时代，有一整个阶段我都对这种谜团乐此不疲。至今，我依然觉着那个年代去我未远，随时可以重来。当时，我大量阅读（且从不乏倦）的一些小说里头总有一个拥有宝藏的人，因为宿命而注定无法享用自己的财产（似乎宝藏永远不会为那些努力积聚与保存它们的人所享，能够享福的惟有那些有勇有谋，甘冒各种危险，跨越千山万水逐寻它们的人），他殚精竭虑留下的线索会成为一场漫长的寻宝之旅的起点！

游戏规则似乎并无玄秘，不外乎几类方式，而我早已凭着理性分类的习惯，对它们做过梳理。

或者（这明显是最基础的）秘密信息的编纂者与接收者已事先约妥一套密码，对接收者而言，只须按图索骥即可。这一密码不一定要像司各特、格隆斯菲尔德伯爵[2]或培根爵士[3]的密码那样精妙。它可以非常简单，比如这种（第一个浮出脑海），人称"断文"：为了读到信息的真实涵义，只需将含括信息的纸页折而为二，并且遮住其中一半。

不过此中当然还有更为复杂的，我不经意间发现了一个，来自天才的特里特海姆神父。福楼扎克显然对他推崇备至，就连索菲，有一天也赞赏地提到这个名字，令我极为惊讶。过去，恋人们会用这套基于一种对应体系的密码，以最虔敬的祝祷为遮幌，传递最炽烈的爱的表白。"我爱你"加密后就变为："庄严的维纳斯，优雅的星辰，才华在你的魂魄中再生"。

自然，这些例子没有一个与我要破解的这个文本有关。

第二类，更接近我现在面对的情况，没有明确约定的密码，加密通过有规律的替换实现，接收人可以反复摸索，尝试发现、确定加密手法：就好像有一种隐秘语言潜藏在所有人类言语之中，所有人稍作努力便可以此相互理解。

关于这一点，前不久我正好听到一则令我十分感兴趣的消息。一位著名随笔作家（同时还是文学史学家与缜密的词典编纂者）以一种被一个内行圈子认为具有说服力的方式证明，法国文学中一些最为人推崇的篇章实际上是这种类型操作的结果！它们是将作品初稿中的某些词（时而是名词，时而是动词，时而二者兼有）替换为其在某特定词典中所处位置后第七位相同词性的词而得到的。《包法利夫人》那让人感觉从福楼拜的笔端自然流淌而出的著名开篇，其神秘的最初版本或许是：我们正在弄蟹，上帝进来了。[4]

我禁不住想核验一下面前的文字是否经过同样的处理。于是我拿起手边能找到的第一本词典（是10/18出版社[5]版的《利特雷法语词典》，弗朗西斯·布韦、皮埃尔·安德勒校订，巴黎，1964年出版）。简短检索后我即发现，如果真用了这一加密方式，那这段话的头两句原来应类似于"让我们去诱惑吧，制衡这本书。或者索性把它修剪一下"[6]。这三个新动词在我看来挺符合语境。因为，被"诱惑"，我一定是的，被那神秘的气息"诱惑"，程度甚至超出我的语言表达能力。其次，对"制衡"（我没叫这本书去见鬼，不正表现出这一优点吗？）与"修剪"（一种与种植不可分割的事务，比任何事都更需毅力与对细节的一丝不苟）的要求，近乎奇迹般地与我正在进行的活动形成共鸣。

然而，深思熟虑之后，我感觉这并不能完全说明问题。因为我随即所做的其他替换就不那么有说服力。特别是我注意到还存在两大不确定因素。首先，词典的选择：没有一点线索，怎能以十足把握确定信息编纂者脑中所想的是哪本词典？专业辞书出版社出版的词典不计其数，即使我把范围缩小到三四家大品牌，仍有诸多可能性。此外还有第二个问题，同样令人无解：在这本词典里，要隐藏的词与用于替换的词之间的距离是多少？我根据我听说过的例子选择了七位的间距。但没有任何证据能够证明这一选择是正确的。待破解的初始文本中明确出现的惟一一个数字是（通过一个出自福音书的比喻，当时在我看来极为武断）十一。我照这个间距操作了一回，一无所获……

还剩了第三种可能：情势所迫，发信人与收信人之间未能达成任何或明或暗的协议。在这种情形之下，前者总有办法在消息内部，一如大自然在其造物中暗藏签名，为后者嵌入可用于解密的密钥。通常是一小处不确，某个略显不当的用词，极易逃过一般读者的注意。一个故意拼错的常用词，一个不易察觉的病句，一个稍稍错位的空格，几个放错位置的重音符，几个关键处遗漏的逗号，即足以像车辆闪动的转向灯一样，吸引收信人的目光，使其警觉，从而一步一步、游刃有余地重构整篇密文。

仗着这种在我看来无往不利的方法（因为我从未见过任何一个我青睐的小说主人公在历险的起始，便由于加密信息这样一个微不足道的障碍而寸步难行的），我开始寻找能像阿里阿德涅之线那样带我走出迷宫的线索。为此，我戴上最警觉、最仔细的印刷督监的眼镜。我绝不会放过任何一处异常，无论它多么微小。我要把符号系统的每一处看似紊乱当成机缘，将每处偏差认读为意义的陷阱。总之，我会像从前，在某些寒意料峭的拂晓窥测一张钟爱面庞上的表情（究竟想发现怎样震动人心或不值一提的秘密呢？）那样去研读这页文字。

开局极为顺利：眼前的文字显得问题重重，至少比我第一次阅读之时多得多，那时，升腾的怒气蒙蔽了我的双眼。

首先，有些词看上去印得明显比其他词更浓更黑。是希望由此吸引我的视线，迫使我立刻对它们另眼相看？这难道不是质量可疑的油墨造成的吗？难以判断。因为随即我又对标点起了疑心。标点的使用似乎没有任何规律。逗号、句号尤其混乱。当然，冒号也是如此：有些出现得莫名其妙，有些又消失得莫名其妙。

这第二个方向让我感觉希望更大。照我想到的那些例子判断，信息的主文应当是跟在错用或滥用标点之后的那些词。要不就是之前的词语。不管怎样，关系很清楚，也很容易核验。

我迅速找到了半打"嫌疑"词：书，途，抚慰，声，替换，封印。它们诚然不是文本中最不起眼的，也不是最不具有启迪性的，完全可以想象它们是解密过程中的落脚点，或者至少是指示标。然而，单单这样串连起来，它们显然不构成一条真正的信息。

我试遍所有可能的组合，甚至大胆用上少许可以使意义更明确的虚词，白费力气。我得不出任何明确的结果。最多只有其中一些，两两组合，看上去像是对探索的鼓励（"封印的书"），或是对解密手法的提示（"途替换"，"声抚慰"）。但总体上都不怎么可靠，让我还是很不满意。

以至于没过多久，我开始怀疑自己是否选错了方向。或许，在这表面看来颇利于夹带隐秘信号的混乱排版中并不存在什么特别用意，或者没有什么是校对或印刷疏失这一世间最无趣的理由解释不了的。

我不想过多纠结于这场失利。诚然，我没料到会这样。但那又如何？这种事情本不会每次一击即中。即使在最美妙的小说里，经常也需要不止一次的考验才能达至目标。

我所寻找的线索既然不在有意留下的拼写或排版失误中，那想必它们隐藏在别处。因此，光是阅读还不够，而是要像面对某种隐迹文本那样，探究文字之下被表象所掩盖的含义：信息应该凹印在字里行间的缝隙里！

这一推理在我看来完美无瑕。

于是我愉快地开始了新征程，不知深浅，对其中的困难一无所知。

事实上，这是一件棘手的事情，因为它要求把这页看似仅由简单语词构成的文字，当成一连串精妙组合的小谜语来读。这需要严谨。需要至少能与中世纪德高望重的注疏者媲美的洞察力。啊，这些人，他们可是行家，把每句话掰开揉碎，妙巧、大胆地揭示隐藏在词语之下的词语。字谜、画谜，同分重构之词，纪年之铭，设密之文，以及所有适于隐匿信息的绝妙文字，没有什么是他们破解不了的。他们通晓一切方式，能够在最封闭的文辞中找到无数出路。他们的头脑长期习惯了此种操作。

我的头脑在这方面锻炼不足。

但我还是试图至少重现少许可能在文字中暗地织就的图案，它们或许数不胜数：简单或复杂的几何图形（十字架、菱形、圆），甚或真正的建筑图纸——大教堂及其拱券、圣堂，防御体系一应俱全的城堡。

为此，我首先要把那篇文字完整地抄写一遍。一些人——所有那些认为书写依然是我小学时候高年级生带着优越感称之为"笨驴学科"的人——会说这是一桩荒谬的活儿。但我立刻带着一种抑制不住的快乐投入其中。这是因为在抄写中陪伴我的是一系列珍贵的回忆：第一个木制笔盒，油漆剥落，斑渍覆盖；小金属盒里的一整套羽毛笔，每一支分别适用于一种字体，被像珍宝一样细心呵护；一沓吸墨纸，浸透着一种我当时还无心分辨的气味，后来我才知道是菊苣的味道；最后，白瓷墨水瓶，总是灌满了我在母亲焦灼的目光下（她担心——并非多余——我会搞得一塌糊涂，而我的毛手毛脚让这几乎成了不可避免的事）自制的紫墨水，用于调制墨水的是一种特别容易产生污迹的怪异粉末，购于一家高高在上的小店，掌柜的小老头长胡子打着卷，栖坐在一张瘸腿的金属圆凳上。

是的，一个抄写的人，只需闭上眼睛，便会看见一系列光荣的守护者的幽灵俯在自己肩上。拿起羽毛笔或苇笔，便似乎产生一种魔法，一种甜蜜的迷醉。没有亲自一笔一画、一竖一勾、不落一个字母地抄过一篇文字，能对它有多了解？难道还有比自己一句一句、一页一页重现整个过程更好的内化（一种越慢越细越好的操作）方式吗？不多久，抄写者可能的谦卑便会让位于所有者的骄傲。

抄写完成，我立刻着手改变文字的布局。我要将其变为一个巨大的幻方，俾使所有字母可以在各个方向上组合。我花费很长时间试验、探索，一遍遍清点字母数量，计算幻方的精确大小。

一无所获。我辛辛苦苦，多次尝试无果（因为我很快就被自己的计算搞懵了），最后只是发现这段文字约由349个单词构成。但是，对于这个肯定不是偶然的数字，我不清楚该拿它怎么办。

也许福楼扎克可以为我提供解决建议。但我总不至于为了这事去打搅他！我还是希望可以在这文本中独立发现一些美妙的数字组合，感知由此产生的共鸣与谐声，并且品尝它寻常带给行家的所有乐趣！

可惜，数字王国不是让我感觉舒适、惬意的域界。福楼扎克视数字为"令人又爱又怕的朋友"，且很快学会了驯服它们。与他相反，我总感到数字是危险的。很早，我上小学的头两年就这样了：我的记忆执拗地拒绝存储任何计算；以至于某些冬天的早晨，光是害怕在课堂上被盘问关于乘法表的内容，便足以在我体内引发无法控制的紊乱，让我痛得（那根本不是装出来的，即便我的家人不这样想）在床上拧作一团。我后来也一直没有机会去扭转这种不幸的状况。

我未能在这个新的研究阶段推进丝毫。这令我既失望又恼火。

"不过这难道不是面对真正的创新性文本时会发生的事情吗？"我用这话来缓解自己的焦躁。

有限的安慰，且相当虚假！我还是感到了疲惫，只想在沙发上躺一会儿，等待别的灵感光顾。

我确信索菲很快就会到来，立刻又有了精神。

很显然，我得改变策略。立即把研究收缩到我能力可及的范围。同时也是更符合预言贩子的习惯的域界。千百年来，女预言者、招魂卜算师、先知、女占卜者、占梦人、算命先生的所有声望、财富来自哪里，不就是几乎一嘴的双关语、江湖诀吗？以至于占卜的历史（谁知道呢，甚或整个人类历史本身，不管它多么久远）可以——不会对任何人造成什么损害（恰恰相反）——呈现为一册搜罗详尽的汇编，里面全是幼稚的同音异义词和任谁都会认为低级不堪的双关语。

于是我重拾自信，开始搜寻这段文字中一切暧昧含糊、模棱两可的内容。幸运的是，这是一个我熟稔的领域。长久以来，我认为这已是一个共识，一个词总是还蕴含着它自己以外的含义：没有一个词，包括表面看来最无辜的词，作为多种不同乃至矛盾含义的载体，能逃脱双重或三重游戏的嫌疑。基本上我以一种更自觉、更系统的方式印证了我最初的直觉，回到了一开始便由"搁下""扔了"这两个词传递给我的初始信号。

"决定"（résolution）一词立刻吸引了我：明摆着，答案（solution）不就应该包含在这个词里头吗？它承载了如此之多的可能性，而这还不仅仅因为它强烈的炼金术遗臭[7]！但我只能放弃：此处用的是它"深虑之后的成熟决定"的义项，显然并无歧义。

我试着继续，但没能走得更远：我那惯于辨识字外影射的目光，现在却似阳光穿透玻璃一样穿透文本。没有，我什么也没发现：那种读者会突然醒悟（不幸总是太迟）自己最初误解了的"诱饵词"一个都没有。显而易见，这段文字的作者同样不是这种古老形式的意义错乱（dérèglement des sens）的信徒。

译注
1. Jules Laforgue（1860—1887），法国颓废主义诗人，抒情讽刺诗大师。
2. Comte de Gronsfeld，比利时外交官。他在1744年左右设计的一套密码被冠名为"格隆斯菲尔德伯爵密码"。
3. 英国思想家培根曾于1606年设计过一套密码。
4. Nous étions à l'étrille quand la Providence entra. 福楼拜小说原文为Nous étions à l'Étude, quand le Proviseur entra（我们正在自习，校长进来了）。
5. 法国一家专出口袋书的出版社。创立之始的产品开本均为10厘米×18厘米，因而取名"10/18"。
6. 这段话开头两句"来，搁下这本书。或者索性把它扔了吧"原文为Allons, pose ce livre. Ou plutôt, jette-le。现经处理变为Alléchons, pondère ce livre. Ou plutôt, jardine-le。
7. résolution也有"分解"之义。

5

我自忖,些许音乐可以让我舒缓下来,助我战胜沮丧。甚至,或许可以消解我的愁虑,如同往昔在一些最困难的时刻,消解众多其他事情那样。

我于是打开收音机。我立即听出在播《流浪者幻想曲》开头部分,是一个老录音(阿尔弗雷德·布伦德尔[1]演绎),这张唱片我也有。在我的诠释系统中(我自己织造的一个极其复杂的认知框架,基于多年来对所有被匆匆当作偶然或者巧合的交集的细致观察),这是个喜忧参半的信号。我只乐见此中的积极层面。对我来说,这份录音具有重要的情感意义:它是母亲送给我的,一直是我最喜爱的音乐录音之一。

沉浸在音乐中,我没听见电话铃响。或者更确切地说,我听见了，但是（正如经常发生在我身上的那样）太迟：我刚取下听筒，电话便挂断了。

这桩事让我气恼。并不是我对打电话有特别的爱好。恰相反，我惮惧于此。我从来不知逃避来得不是时候的呼叫、不想搭理的呼叫者、过于冗长的通话。但那一日是一个特别的日子。我只想接一个电话——索菲的来电——它可能会对我的整个余生起到决定性作用。结果我却因为愚蠢地专心于其他事情，一心多用，说不定刚巧将它错过。

一定的，她会对我没有接听感到意外。她熟悉我深居简出的习惯，虽然她并不赞成，但事实上她相当配合。前一日，我曾提醒她第二日是我生日，并向她保证我会一直在家等着她；我甚至以一种或许在她看来过分的执拗叫她一定要来，"无论白天黑夜，随便何时"。

因此，我对自己极为恼火。我担心这桩事会导致误解。这种误解在我们之间已渐渐多了起来：开始似乎微不足道，长期而言隐患无穷，误解正以令人不安的速度侵蚀我们起初的美妙默契。

早在我们相识的第三日拂晓，当我还在天真地为我们的共同生活（因为我已毫不怀疑我们未来将生活在一起）制定计划，她便一边讽刺地哼着《卡门》里的"你可要当心"，一边对我说她不会容忍任何侵犯她个人自由的行为。言下之意，我们晤面的时间、频度，以及我们这段关系持续的时间，都将由她一人决定，我甚至不该起意给她写信或打电话。这时我才明白，在她愿意赋予我的那些时刻之外，她生活在一个遥远的世界，出于一些只有她自己知道的原因，这个世界她并不打算向我开放。我怒火中烧，想象着一群精英之士，在号角声中冲破晨曦，在晨光中策马飞驰，追求者如猎狗般涌来……

最初几日的沉醉——我曾经傲然地以为我们的感受是相通的（她当时没做任何能让我从幻觉中清醒的事）——似乎在消退。对于我的热情，索菲只是用一种克制的方式回应，这让我心绪不宁，颇觉担忧。我们见面的次数越来越少，有时近乎只是一瞬，仿佛她过于完美的身体不容许长久占有。而每次见过之后，我都精疲力竭，过于短暂的片刻交融让我更觉孤寂。

但最痛苦的或许是我感觉——每见一次面这种感觉就越强烈——她并不信任我。因为她变得很少说话，不回答我的任何问题。即便有时候我能让她和我聊上几句，她也总是迫不及待地抓住语言所提供的各种可能——她更关注我的措辞，而不是我所讲的内容——闪转腾挪。而有时当她开始主动交流，我也从不确定真正理解她说的话：语词在她嘴里有另一种涵义，另一种回响，而且她要表达的东西似乎分量极沉，未可等闲以平常话语出之。

甚至在温存的时候，她也未更多地委身于我。午夜过后的酒吧里，随便哪个陌生女人都会毫无顾忌地吐露几句与自己有关的琐事，但就连这种程度的隐私她也从未告诉过我。她特别拒绝深夜的低语，枕边的呢喃，在大笑中推心置腹、计划未来，所有这些我认为情侣生活不可缺少的组成部分。爱，说话，说话，交心，甚至由此吸引对方，此前于我而言是一个不可分离的整体。

"我迅速习惯了这一开始的幸福，"我想，"但或许她觉得这样的幸福对于她这样的出众之人来说太庸俗。"我不免开始担心：她是否对这段情缘感到后悔，是否考虑尽早结束这一已经让她感到压力的关系。

但我还是不死心。因为我感觉再也离不开她。诚然，他们的名单很长，那些只能在遥望与分离中相爱的情侣，但我完全无意加入他们！我需要索菲，需要她待我的睇眼，需要她看世界的目光。我需要她皮肤上的每一个汗孔。我需要她在某些时刻似乎过着自主生活的双手。于我而言，这已经成为一种无休无止、痛苦焦灼的追寻。仿佛索菲现在掌握着所有秘密，惟她一人可以解答我的疑问。

时间一周一周地过去，我很清楚一切将化为碎屑。但我该怎么做？怎么做？初时的奇迹，那时我还愚蠢地以为自己已完全且永远地拥有了她，很快将只剩灰烬。某些日子，我感觉一层泪帘就快垂临我的双眼。

我也曾试图在这些时候凭借某些古老的幻觉安慰自己。我佯装相信我的痛苦并非徒然：我正在经受一系列考验；它们不可避免地将我引向从来便属于我的幸福结局。

夏天的临近终于让我有了个主意。

我提议去旅行。譬如去希腊，或者伊奥尼亚海岸。我希望在她童年时长期居住过（这是她主动告诉我的仅有的几个人生细节之一）、令她始终饱含深情与怀念（因为根据我的理解，那时候她在那些地方曾赢得一些卓杰人士的爱慕，他们对她的爱至少与我相当）的地方的这场远游，能让我们彼此靠近，帮助我们寻回我们之间那昙花一现的黄金岁月。或许，我将终于能够找到我缺少的时间——我一直缺少时间——去了解她，去让她了解我。

沉浸在自己的梦境（做梦一定是我最着力培育的能力，以至于有朝一日，我大概会把我在睡眠中实现的某些壮举也算在自己的平生功绩里），我想象着一场令人各种手舞足蹈的朝圣之旅。我还描述给她听，在她愿意聆听的时候。

临近傍晚的和煦阳光下，在伊奥尼亚一个尚不为游客所知的岛屿上，我们前往一座已有许多世纪没有向导提及的庙宇，去瞻仰它那些几近完好的立柱。为了抵达那里，我们朗声大笑着踏上陡峭骇人的羊肠小径。我们毫不迟疑地攀爬，沿着溜滑的板石下山，并脚跳过荆棘丛生的古老沟渠。抢在夜幕降临之前，我们从这些小径折回，路上除了赶着背负橄榄枝的驴子的黑衣农妇，绝不会遇见其他人。有时，遇到一窝好客的干草或树叶，我们会停下小憩，温情脉脉，在美丽的星光下。当鸟儿在空中高高地盘旋，划出巨大的圆形轨迹，当夜空与繁星的盛景以一贯的壮美就位，我将守护在她熟睡的身体近旁，我的手会沿着她大腿的曲线，或是几乎赤裸的乳房的轮廓虚虚抚过。

她任我发挥。我激情饱满地絮述，她心不在焉地微笑。但我很清楚她的沉默意味着什么：对于这些她曾经在某一日称作"另一个时代少年人诗意的陈词滥调"的东西，她只有无情的嘲笑。我最终也尴尬地承认，所有这些乱七八糟的幻想着实幼稚。

显然，我必须放弃希腊，甚至任何一个与她去旅行的念想。仿佛忽然之间，这成了一件不可设想的事情。作为补偿，她做了一个我以为重大的让步：她保证从此以后会尽她所能更频繁地来看我，花更多时间陪在我身边。但这个承诺，虽然我一再提醒，她几乎从未履行。

因此对那个夜晚我寄托了很多。所以一想到因为我自己的过失，我恳请已久的来访很有可能化为泡影，我就更加怒不可遏。

但又能怎么做呢？除了等她再打来，没有其他办法。希望不用等很久。索菲很清楚我从不长时间外出。

夜幕已然降临。估计入夜已久。一个暴风雨（风狂雨大，但我几乎未听见）洗刷了天宇之后极为澄明的夜晚。

我动作机械地重新拿起那本书。

我开了一盏灯（那是乔迁之时马克送我的礼物），灯上的印度灯罩给整个房间投上朦胧的东方色彩，令我颇觉舒心。很快，我感觉自己的怒焰消散了。夜的寂静开始产生助益。因为，不管我与睡眠有着怎样的纠纷，我一直与黑暗、深夜保持着特殊的关系。仿佛与流逝的白昼相比，黑夜所承诺的一大段稳定不渝的时间足以改变我与物的关系。

孩提时代，我喜爱过节时漫长的家庭聚餐，大家一会儿唱歌，一会儿欢笑，一会儿祈祷。而很早，我对这些聚餐的喜爱理由便多了一条：不散的宴席使我能在常规时间很久之后再上床。这样的夜晚，上床之后我也不会立刻入睡，而是凝神聚力，保持清醒，尽可能久地听着客厅里沉重的落地钟"嘀嗒嘀嗒"地走动。那声音有规律地反复响起，似乎永不停歇，让我着迷。我强烈希望，至少一次，能在从今日走向明日，或者更确切地说从昨日走向今日这个全盘改变的神奇瞬间，醒着，见证它。因为我拒绝相信这样一个意义深远（"战天斗地才有的今天"，我的一个叔叔，业余诗人，习惯这样说）的程序竟会悄无声息地默默发生，我一心要参与那场我为这一时刻耐心构想的仪式。

现在，情况依然如此，总是有些愁人的黄昏过后，黑暗于我如同一针麻醉剂：没有什么比黑夜更可以帮助我的思想远离通常的束缚，驰骋飞扬，或相反，令它愈沉愈深，抵至在其无情逼迫下才显露的从未探索过的域界。因此，坚信学问出在黑夜，语词在那些瞬间似乎忽然承载了更多光明、更多华彩，我从未怀疑过不眠的长夜会带来灵感。不止如此，黑夜里的一盏孤灯还给予我一种力量感，让我觉得一切都触手可及。

因此决不能在"怀旧自满""忸怩的情感"（索菲的说话方式已在不知不觉中浸入了我的内心语言）中浪费这一

刻。激情高涨，意绪澎湃，我确信这一机制一旦启动便会自己维持下去。

再说，我的失败尝试（在我看来显而易见）只可能是暂时的。历史上，比这个恶毒的伪密码学家——而且还是个外省人、自大狂——的邋遢文字更难啃的文本也被破解了。完全不为人知的字母、长期成谜的语言最终都奉上了它们的奥秘。蒂克森[2]、明特尔[3]、格罗特芬德[4]们研究、破解了亚述-迦勒底文字。当然这还不算商博良[5]、文特里斯[6]这样的巨匠。的确，他们有个性，有方法，不缺运气，认准目标意志坚定：商博良十岁时已经有了一件罗塞塔石碑的仿制品，文特里斯十四岁在埃文斯[7]的一场讲座上了解到那种神秘的爱琴海文字的存在，他后来做了这做了那，诸此种种。

所以，我确信这页文字，无论它看上去有多棘手，最终还是会开口吐实。临近终局的希望让我保持警觉。只要问对问题，答案就是现成的，到处都是，一直在那：点点光亮将从迷雾中显露，但如此突然，看到的人首先会怀疑是否真正瞥见了它们。

惟一的问题：找对切入点，被作者狡猾隐藏的切入点。一想到那些试图破译这页晓畅文字的人会遭遇的困阻，这家伙一定乐不可支。不可否认，他预先便对所有好奇心做了回应，所用方式的完美逻辑，换言之那显而易见的宁静事实，只在事后，当阻碍被逐步击破才会呈现出来。届时一切将豁然开朗。

新的设想纷至沓来。

首先，我想到了古代的"藏头诗"，它们和其他"诺塔里空"[8]缩略语技法一样，为我所熟悉的犹太教卡巴拉大师（其中一位，我一读便觉心意相通，那就是伟大的阿布拉菲亚[9]）所珍爱。他们把这类技法用得出神入化，手段之高，竟然在我本来一点也不觉得有何特别的《创世记》（可能最多只是奇怪，一篇据说是天主自己撰写的文本，怎会平凡、乏味到如此地步）的某些段落中发现了隐藏的美妙蕴义。

我即刻动手。冲劲十足，但还是带着些谨慎，一如将要攀登一座未知的高山。我用最粗的记号笔，把那篇文字开头一些词语的首字母用粗体大写齐整地抄到大幅白纸上，结果如下：*APCLOJLLDTTDSAQISTTPDAIPTCMQCR*。接着，那些句子的首字母：*AOTAPEADCQS*。甚至，出于周全的考虑，所有段落的首字母：*AECSPPAMECANT*。每次都期待隐藏的信息随着一个个写下的字母显现出来。

信息未至。这些字母无论用何种方式拼接都毫无意义。

我低迷至极。在这场我愉悦地设想为"登山"的行动中，我显然第一步就踏了空。

于是我丢开首字母，转而从词序入手。我首先尝试回文，从结尾开始倒读：**风险的迷失此间在冒着你一样我与知道不你这本书了闯进地冒冒失失防备毫无你。**

结果不堪卒读。以致我甚至不觉得有必要再深入推进试验，譬如尝试音素而不是字母或词语层面的回文。

我必须再一次另辟蹊径。

譬如，为什么不尝试以新的组合形式列排单词或词组？我将这一操作果断推向极致，将所有可能的置换一一测试了一遍。首先是名词：参照诗韵的种类，我进行了平韵、交替韵、环抱韵置换。接着是形容词与动词，我进行了一样的操作。我真有必要在此详细罗列这些置换所获吗？猜都能猜到。用两个词总结：支离破碎，不合逻辑。

这篇文字顽固地拒绝我的请求，它的抵抗让我脸上无光。我是否要就此投降？比如图省事，将错就错？再怎么说，我之前蔑弃的一些解密方向还是能为我提供一个可接受的结果、一个体面的台阶的。

话虽如此，但我依旧有些放不下。没有任何迹兆表明我寻找的是一个简单密钥，只包含一种加密方式。它可能是多重的、复杂的：每个段落，每一行，甚至每个词或词组，都可能采用了不同的加密方式……

我开始感到自己对这项任务的准备极为不足：我自信地撒下手中每一张网，结果什么都没捞到，除了一些完全谈不上真正答案的不成形的碎片。

其实我只要能找到一丁点提示就够！它足以助我打开缺口、长驱直入。那时我便可从中榨出大量潜在的阐释可能，轻而易举地挖出无论隐藏何处的讽喻、道德以及神秘蕴义。整个人类历史可以证明，隐喻诠释具有无限潜力，没有它不能拯救的文字。

失意不远了。

现在一切都像是一场过河的梦。梦中我们急急去往彼岸，兴绪盎然地踏上一座桥，结果几步之后发现水已齐腰。

我方才折断了我最后一根长矛（或者至少我以为的自己的最后一根长矛）。诚然，由于我自己的过失：那个起先把这篇文字当成字谜，而后又将它上升至密文的人不是我又是谁？

我完全有理由愁容盈面。然而，矛盾的是——我甚至无意假作不知——我的痴迷并未丝毫减弱。

当然，我对自己说，语词（我一直觉着它们音韵柔美、诱人）意味着不完整、破碎、部分、裂片，因此这页文字绝不只是一页而已，难道要这样孤立地研究它，对它所在的环境——或许正是这一环境赋予它真正的含义——故意视而不见？

但是，针对我的疑虑，有一个答案渐渐成形：我眼前之物不仅是一页书，而是一个极为独特的对象，似乎是专为我梦想或冥想而有意构建出来的。

尤其有一个念头挥之不去，如同一段吵闹的副歌在我脑海中盘旋："加—密—故—可—解—密—加—密—故—可—解—密—加—密—故—可—解—密……"

当然还存在另一种解决方式。一种间接的解决方式。

它顽强地出现在我的脑海里。越来越清晰。

此前，我一直将它成功驱逐，或者更恰切地说，自欺欺人地佯装没去想它（至少未认真思虑）。但现在我不得不作此考量。

它再简单不过，我可以打赌，换作别人，遇到问题的第一分钟就会这样做。这种方式就一个词，一个名字：福楼扎克。一通电话，即可解决我所有疑问！

才过十点。福楼扎克很少早睡，特别是星期日。因此，下一分钟，只要他在家（而我的朋友回到布尔日后又找回了青年时的习惯，对夜生活无丝毫兴趣），我便能获悉答案。从我这番困窘的责任人——他应该并非有意（我愿相信他）——本人嘴里。我将知道该如何看待这部古怪的作品（我甚至未能破解书名）与它玄秘的作者。知道它为何落到我手，以及我该如何应对。

我取下听筒，慢慢拨号，每个数字之后略作停顿。但是，在整个操作过程中，某种超越我的力量让我将这一行为视作一种逃跑：我将再一次成就我的对手！短暂的静默后，比平时更刺耳的电话铃声在我朋友那端响起，我立刻挂断电话。

铃声立刻在我的寓所响起，把我惊得一跳。

这一次，我没让索菲多等。她一拨完我的电话号码，我即拾筒应答。这让她心情愉快：她和我一样，喜欢这类小小的巧合。通话很长，几近温柔。至少，她忆起我迫近的四十岁生日。但还不至于想来和我共同庆祝：当我问她预计几点抵达时，她回答说——带着一种特别的语调，从中，我听出一丝遗憾——我最好还是放弃等待。随即她便挂了电话。

我没有同她提及书的事情。对于自己沉湎了一整日的活动只字未提。我心里清楚，这既不是偶然也不是疏忽。我为什么不说？我自己也不知道。我也开始不信赖她了吗？我有点窘迫，迅速驱散了这个荒唐的念头。不，我相信这更是我自己的一种反射。就像童年某些时候，我在一些在我看来无关紧要的细节上（放学的准确时间，放学后和哪个同学去玩了）对家里人撒的谎。亏因这些谎言，我感觉自己终于拥有了某样并非来自他人的东西，它由我自己创造，且只属于我：一个秘密。我当时多么愉悦啊，终于可以恰切地使用这个如此"成人"的词语，享受它所带来的轻微折磨！它让我在那一瞬有了一点我所匮缺的自信。

我这才感觉我饿了。说真的，从早餐的一大碗茶与干饼干（过干）之后，我什么也没吃。

我知道冰箱空空如也。索菲强制我做了一次大扫除，之后，柜格里什么也不剩。作为专家，营养专家，她极度苛刻地评论我的饮膳，认为一直占据我那旧冰箱的那一小坨一小坨剩菜在我的饮食结构中占据了过分重要的位置：我会花上好几小时动脑筋把它们组配成只有我一人觉得可口的原创什锦（无疑因为创作成功之时，它们的味道让我想起妈妈做的菜）。事实上，索菲希望我能彻底放弃这种饮食（我对此极为依恋），与她一样，只吃新鲜食物。

所以我只能去冷冻柜里找。幸运的是，索菲还没空检查那里。我取出两包东西，最后两包，皱巴巴，硬邦邦，覆盖着一层白霜，已放在那里几个月了。在这个难忘的过生日的星期日，它们将为我提供惟一的真正一餐：一块相当厚实的夏多布里昂[10]（后来发现很难嚼）和一份千页酥（吃起来有点黏糊）。没有新鲜面包：只有几片剩下的面包干，微甜而寡味，第一口下去即让我反胃，但我还是努力嚼了下去。没有葡萄酒，我以一瓶德国矿泉水（记得是阿波利纳里斯[11]牌的）替代——福楼扎克让我第一次品尝到这种水，之后我便爱上了它那晶莹的气泡。

我匆匆吃完。没有一丝愉悦，且不无伤感。因为对于这个夜晚，如果索菲没有爽约的话，我本有其他的美食计划。

但至少我基本填饱了肚子。

我重新拿起那本书。到了这个份上依然不死心。

倦意涌来，这一次，最为强烈。是时候停下我混沌的思绪了。我无奈地决定稍事休息。

没错，对于这页文字我显然已经苦思冥想得太久了。床，终极避难所，等待着我。

译注
1. Alfred Brendel（1931— ），奥地利古典钢琴家、作曲家、诗人、作家。
2. Oluf Gerhard Tychsen（1734—1815），丹麦东方学学者。
3. Friedrich Münter（1761—1830），丹麦神学家、东方学学者。
4. Georg Friedrich Grotefend（1775—1853），德国语文学者，为破译波斯楔形文字做出了决定性贡献。
5. Jean-François Champollion（1790—1832），法国埃及学家，破译古埃及象形文字的第一人，被誉为埃及学之父。
6. Michael Ventris（1922—1956），英国建筑师、语文学者，1952年破译了古希腊线形文字B。
7. Arthur Evans（1851—1941），英国考古学家，古希腊米诺斯文明的发现者。
8. notarikon或notaricon，犹太教卡巴拉操作，指用句子的首字母组词，或用一些单词首字母组成的词组句。
9. Abraham Aboulafia（1240—1291），犹太教神秘主义学者。
10. 指厚切菲力牛排。一种说法称这道菜由法国作家夏多布里昂的家厨发明，故名。
11. Apollinaris，产于德国的一种天然含气矿泉水。而法国诗人阿波利奈尔原名为Guillelmus Apollinaris de Kostrowitzki。

6

我掀起床罩,床单(当日早晨刚换)白得刺眼。我想调暗灯光,俯身急了些,撞上了灯泡,它轻轻呲啦了一下灭了,但我不认为有立刻更换的必要(事实上,我一点不想摸着黑踩着小凳,在厨房惟一的壁橱里翻找新灯泡)。

与前一夜一样,但因为别的缘由,我睡得很差;几番醒来,寐时极少。

那几个月我历经了各式各样的睡眠(非常之多,因为在这个混乱的时期,睡眠于我是一个问题,进而成了持续观察的对象),但这个晚上的遭遇因其若干古怪而与众不同。

首先像是一场贴身肉搏:我刚一入睡,便跟一团压缩在一起的不明之物干上了,它们重重地压在我胸口,压得我透不过气来。

紧接着，冒出的一些奇幻图景搅乱了我的睡眠。它们与充盈我儿时梦魇的生灵毫无相似。没有食人魔，没有狼人，没有吸血鬼，没有妖怪。甚至没有那个茸毛舌头、骑山羊的老魔灵——山羊憨厚的模样最终让我习惯了它。它们是一簇簇铅字，所有字体所有字形，层层相叠，挤成怪异的金字塔：这些不稳定的集合，某些时刻似乎漂浮在离地几厘米的高度，不断地崩塌，又立刻重新恢复，再次崩塌，黑压压的，始终像一群麇集蠕动的蜈蚣。字母轻盈，糅合在一起，随后摊落成宽阔的暗色熔流，在寂静中倾泻而下。语词，即使我能从中抓住两三个，也都空洞无物：似沙滩上的贝壳。而我，身为字母中的一员，最后也汇入这股熔浆。却迷失其中，哪里都没有我的位子，不管是哪个形成中的组合。我一碰，它们便立刻散了架，随即消失在某种陡峭的、用几堆皱巴巴的纸页浅浅填塞的堑壑中。

这持续了一段无尽的时间，其间因我的不安暂停了几次，因为我不知道自己究竟是睡着了还是醒着，是在做梦还是沉思。

不过我最终睁开了眼睛，有点不太清楚自己是谁，身在何方。一缕阳光正照在我脸上。公寓似乎不比寻常地沉浸在一派光亮中。我大汗淋漓。

我感觉自己睡了好几日。现在还不到中午。

我没去深究是哪些遥远或深藏的现实在这些川流不息折腾了我一夜的图景背后作祟。我起身,一边剃胡子,一边继续我的梦,似乎自己被赋予了随意引导梦境走向的力量。

突然,我感觉豁然开朗。

因为我想到一个新问题,它或者能给我一丝希望重新开始。我是不是一上来干脆就走错了路?一定是的,作为一名急躁的解释学学徒,我相信了那些我显然过度信任的童年回忆,没能找对问题。它应该不是我之前想的那样。

那究竟是什么?难道不是追踪意义直至其终极标识?但……

自然,信息通常由文字传递。这是文字的主要使命之一。一些智识之人甚至说文字是为此而创造的;但也有另外一些智识之人竭力质疑这种说法(这个古老的争议轮不到我在此评判)。文字并非这高雅使命的惟一"载体"!舌头(我意指那一极度珍贵的肉质器官,条状,灵动,系卧口中,用于品尝、吞咽、言语)[1]在这桩事上也有发言权。我想起了一开始便已发现但很快被抛在脑后的伊索。

看来,我也陷入了所有那些释经者的差失之中。他们过久地(而且面对的是比这微薄一页重要得多的文本)选择了忽视口头材料，认为书面文本以外的信息都是从属的、一般的、次要的！然而，我并不是不知道从跃动的双唇中涌出的鲜活语言具含何等的分量，甚至不需为此引用张伯达张正明[2]关于《诗经》或者凡·博克[3]关于东巴刚果人的论述。

童年，我难道不曾听人一百次地重复，对于一些人，一切从耳朵开始，圣经最早的卷帙里，最重要的词是动词"听"？我自己难道不曾在各式各样的听众面前絮叨（包括近期对索菲讲述我个人经历的时候），我们崇敬的所有大师，从毕达哥拉斯至苏格拉底，从佛陀至耶稣（还有很多其他人我就不说了），实施的是一色的口头教学吗？

所以谁知道，或许我之前依循西方久逾千年的惯例自发践行的默读正是阻碍我深入理解这一页的障碍？必须立即重新赋予这些语词活力，恢复书本与唇吻的古老（几近是与生俱有的）契合。

再清楚不过了，这不就是从前一日开始，我一直追逐不得的解决方式吗：迎向那一个个音节，让它们从我口中自由逸散，我将发现它们之间上演的隐密游戏；在此，口语不是文字的重复，而会为其带来不可缺少的补充（就像某些民族在祈祷时，比起神圣的祷词，更为看重完成其仪式性诵读的嗓音的振颤，或像另一些民族赋予声音——只要发声正确——决人生死的力量）。谁知道呢，或许合适的声音、适宜的语调会使这页文字奇迹般地脱胎换骨？

而且，我必须承认，无论我是多么挚爱书籍，我对声音艺术有一种特别的爱好。假如有朝，我能写出哪怕一页微不足道的作品，我的首要考量一定不是将其"出版"（印在冷冰冰的纸页上，在名为读者的淡漠生人群体中流通），而是亲自大声念给几位友人听。

我与朗诵结缘是因为一种与我某些青春时光相关的旧日情感。

它首先与学生时代称为"背诵"的练习（今日这项练习已经有点被淡忘了）带给我愉悦有关，即便通常我很羞怯。每个星期，我能被点名"背诵"的文本数量都会增加一至两个单元：那些中央顿挫明显、冗长的经典亚历山大体诗句[4]。我的记忆，以韵脚与节律为抓手，毫不费力地被诗句浸透，而一旦战胜了最初几分钟（不可避免）的怯场，又可将它们复述出来，不带任何明显纰漏。

但我对朗诵的爱不只因为这些往事。朗读，于我而言，留存了高古之物的气息，因为它或许是一个依然全盘接受手势与节奏的宙宇的最后遗迹。是的，那个时代（今日几近无法想象），文人的世界里还不全是戴眼镜的哑巴。那时，一部作品与欣赏者首度相遇，是当它在一派肃静之中，乘着那个私下里将它长久打造之人的吐气发声，从一张人类之口中冒出的美妙时刻。

我喜欢人声这种随心所欲打破时间，或者至少中断时间进程的能力。请看那些教士，不管哪个宗教，他们只需念出仪式要求的语词，便可让仪式所纪念的行为通过全新的载体原样复现。

我喜欢保持警觉，以在许久的静寂之后，听到那个我一下子认不出的自己的声音在与新文本融合的一瞬（语词轻巧地滑落在舌头粗糙的表面上）升涌而起。

我喜欢想象一篇文字从我的喉嗓中吐出时是它第一次被宣读。不止于此：我确信从这一刻起，它就是我的造物。

于是，我重新打开那一页。

只需大声诵读应该就能还语词以原初的轻盈与透明。言语将忠实于它们插翅翱翔的古老使命，自由飞腾。我将找到那种音色，那些音调，它们通常与话语的文辞本身传递着同样多的含义，它们的缺失往往是误解的源泉。因为只有人声能把文本中的空白也表现出来，那些表面上空着的间隔，但我们久已知道（至少从《佐哈尔》[5]那难忘的一页开始）很多事情（而且是极为重要的事情）尽在空白中。声音将重建整段文字的内在呼吸，使得作者传递的信息终于可被听闻，包括我已经觉察到的揶揄与不安。

我悄悄地四下张望了几眼，确验周边没有任何人可以听见我的声音：作为新租客，我不想太快自毁名声，被当成一个畸人（这个名号，在市政府烟杂酒吧的里屋召开业主大会的时候，由一名楼栋管理员当着所有人的面当成一句脏话骂出——他肯定不知道这个词的含义——曾经导致我失去了之前的寓所）。要彻底杜绝风险，我本来最好是找一个地窖钻进去。但搬进来的时候，我忘了打听我的地窖在哪儿，后来也没再关心这事。所以我满足于紧紧闭上两扇窗户的护窗板，然后跑进我那狭小的浴室，关上门。

在那里，终于放下心来，我拿起那本书。它又自动翻开，正好翻在那一页，我感觉这又是一个好兆头。

坐在我的坐式浴盆边缘（索菲喜欢长时间耽留在几近滚烫的热水中，这种浴盆让她觉得——必须承认，她的感觉没错——很不舒服），眼睛正对着洗脸池上展开的三开门镜柜——镜子里只照到我的半张脸（一会儿在这面镜子，一会儿又在那面，轮流出现），而且很难辨识——我重新潜入文本。我希望通过这一酝酿过程，我的头脑可以与它读到的东西完美契合。但我很快发现我的阅读姿势既难受又危险：我随时可能滑倒。

彻底坐到浴盆里显然要明智许多；至少我的后背会有依靠，我可以把膝盖收到合适的高度，把书摊在膝上。穿着衣服坐进空盆之前，我特意迅速脱去鞋袜；脚底感受到的凉意将助我保持清醒。

安顿完毕，我先试了试音。我想检查一下环境空气质量，确保其能恰到好处地对我将要发出的声音形成反射。

我很满意，立即开始正式朗读。适度地拿腔作调。声音坚实、笃定。没有一丝迟疑。没有一丝颤抖。因为我对这页文字已经有了一定的了解，熟悉了它的起承转合。毫无疑问，它适合发挥。啊，这些命令句，这些感叹句，这些问句！还有这些揶揄、华丽夸张的辞藻。我如入宝山！

一个接一个，我不急不忙地让每个语词从我嘴里经过。我在它们的声音果肉中兴奋地咂摸，品味辅音与元音的精巧平衡，适时地找到哑音e的温暖港湾。我寻觅着，在这些声音一开始（随后它们会一批一批地弱化）的谐和旋律、在它们的回响中寻觅，寻觅各种蛛丝马迹，寻觅能让我的声音走上正确道迹的信号（必要的话以某种不谐调、不协和的形式出现）。一如某些梦，只有当我将它们叙述终了时蕴义才会显现（但这蕴义将无比明晰），我感觉我的喉嗓虽然对其掌握中的答案尚不自知,但即刻便能将其交付我手。

但是朗读于我的效应是如此出乎意料,我不禁自忖,自己是否不经意间引入了某些改动。

说实话,我高声诵读的时候基本上都会发生这种情况。不管是怎样的文本(哪怕是听得耳朵起茧的诗篇),不管是怎样的场合(哪怕是专业甚至官方场合),我总是很难做到所言与实际所书文字之间原则上必须保持的一致性(或者更确切地说严格对应)。

所以读完后我颇觉困惑。

有一点,现在我认为可以确定:不知源于怎样的过去,作者显然对单调的圣咏存有我们这里的人遗忘已久的癖好。我颇能想象他小时候一头棕色卷发,在一群头发和他一样棕一样卷的孩子当中,严肃认真地跟着老师,一遍又一遍地重复取自古老圣书的那些片段,声音毫无起伏,内心无比虔敬。所以他才能在文字中使出各种解数,苦叹,呻吟,稍嫌粗鲁地呼吁,以警示危险与苦痛。一种嘶喊,总之。

但也就仅此而已。我的独白一无所获。毫不理会我的喁喁私语,这页文字再未呈显更多迹象。借由声音捕捉信息要义并不比通过图形符号更容易……

我不禁自问我是否太保守,是否应该更大胆、更有想象力，在迄今能够想到的这些归根结底普通至极的假设之外，尝试其他假设。

或许单单投入声音还不够？信息传递之时，嗓音只是诸多要素中的一个；身体的其余部分也广泛参与这一交融。凭什么音节注定要永久地充当喉嗓的奴隶？我感觉自己有了一项新任务：把我的身体用为一件乐器，尝试一种移植，不光使用嗓音，而是用我整个人来阐述这一页。舌头在力竭之时将无法言传的东西托付与另一种表达形式并不罕见（在这一点上，即使伊索，我深信，也不会反驳）。不幸的是，我对于所要采用的方式毫无头绪：须将这一文本付诸哑剧、舞蹈、歌唱吗？

事实上，我发现混乱的标点、频繁的分段，让这些文字无可质疑地呈显出乐谱的样貌。我前一日过早放过的"决心"（résolution）一词，以其所含的"来"（re）、"嗦"（sol）、"哆"（ut）、"西"（si）四个音符，不正像长笛隐约的和声，负责将我导向此道？这条线索的确值得重视，或许应该将它探索到底。

感谢索菲，她强行军般地填补了我教育中的某些空白（但要说我的艺术教育被忽视，这忽视程度也远逊于我乏善可陈的科学教育），让我对多个音乐情景有了了解，其中最突出的便是《假面舞会》里的一个中心场景（卡拉扬的版本——惟一能让我专横的女启蒙者听入耳的版本），在那里头，音乐在美化文辞的同时，揭示出其真正意蕴。但要通过怎样的途径才能找到隐藏在语词之后且为正确理解文字提供指南的音乐？

或许这里发生的一切有如一日索菲唱给我听的另一部歌剧的极短片段：极少有这般经济的处理，乐谱与唱词由同一段驯顺的音节构成……或许这里一样，某些音节应该当作音符来读？或许信息被编成了一段旋律的样子？

重建这一切在我看来是一个前景光明的举措，值得立刻尝试。

很快，我便在笔记本里收录了大量的"啦"（la），还有"发"（fa）与"咪"（mi），极少的"哆"（do）或者"来"（ré），"嗦"（sol）则更少。但至于说从中掇取一条信息，无论多么浓缩？我徒然地一再求索，终究触不可及。想来在我所用的方法中，一定有哪里我没做好，或者掌握不够。不胜其烦，我任由这一想法消逝。不无一丝遗憾的叹息。

比我更执拗，这一文本牢牢守护着它那无法破译的明晰蕴义。

难道我要就此收手，承认自己在分隔嗓音与文字的这一整段距离上的跋涉徒劳无功？当然不可能。

真格的，我真的做了该做的吗？

再一次，我陷入怀疑与不安：我究竟犯下怎样的错误，怎样的疏失，才导致如此糟糕的结果？

或许仅仅是因为我的嗓音不适合？声线太高，或者太低？要不一个普通的语速、口音，或者天知道哪个环节的问题？我上小学的时候，经常听到一些多少还算客气的意见，针对我的某些所谓特殊的发音：这个说我的o发音太长，且太开敞，那个认为我的é太短，且太闭合。我从未把它们当回事。看来我错了。现在不正是重温这些意见、承认错误的时刻吗？可要怎么做呢？

或许最好是委托别人来读这一页，换一条与我截然不同的喉嗓试试。毕竟，过于焦虑的读者无法感知的文本的真意，通过精于朗读的无关人士之口得以浮现，这谈不上有多惊人。因此，我急需有人代我发声，一如有时在其他情况下有人替我代笔。这也将是我走出这场与文本的单独相处的机会，它让我徒增郁闷。我可以在另一个人的脸上看到那一系列免不了会浮映出的情绪（惊讶，忿怒，怀疑，不安），并将其内心历程与我的经历两相对照。

我第一个想到的自然是索菲。没错，两人一起，这场游戏玩起来会更愉悦，力量更均衡。我们可以交流彼此的想法，碰撞出新思路，对假设的核验也会大大提速。这段文字最终会被攻克，听凭我们解读。

但是，我下不了决心。不知为何，与这页文字纠缠越深，我越是迫切地感到不能让索菲以任何方式加入这场历险。无可否认，我害怕她可能的反应。我无法保证她会如我一般重视这一文本，认定其中暗藏玄机，或值得一场形而上的冥想。说实话，我甚至几乎可以确定她的反应定会相反。只要想想近期置我们于激烈对立之中的几次短暂的争执就够了：每次，她都得意扬扬一句话就把我多年间力图寄托自己思想的事物抹杀掉，仿佛那只是些无足轻重的细节。但这次面对这一文本，如果我像我担心的那样，她投入战斗却无法即刻获胜的话，事情可能会更为糟糕。因为在失望或忿怒之时，她会变得极度阴郁，一言不发，叫人参详不透，这是我无意面对的。

肯定是请一位邻居来读更好：譬如我楼上的那个，我开始了解他的夫妻生活（如此细致非我所愿），某些日子天亮前，我能听见他有力、断续的脚步声。不幸的是，在这一时期，我的邻里关系还不到能够在这些小事上互帮互助的程度；人们依然有点提防我，我感觉自己仍处于观察期。索菲甚至告诉过我，但不肯吐露消息来源，她说我一搬进这幢楼即获得了"神经衰弱"的声名……

至于请一个陌生人，譬如一个演员，让他对这惟一的一页用尽浑身解数，这一选项实在毋须考虑。我不觉得我能将自己的故事，从那离奇的开头起，和盘透露给某个我不确定是否能守口如瓶的人。

想到此处，我最新假设的荒谬便昭然若揭。当然不应借由第三者的中介传递秘密，传递者会有泄露的冲动，或者更糟，把秘密据为己有。再说，当真会有人认为能在一对一单独会面以外的条件下收获什么私密信息吗？

很清楚，我满盘皆错。在舌头、嗓音、身体，以及其他假设中漫长的一路迂回，只不过使路线更为模糊。所谓的伊索的庇护，书中第一个词的恶劣暗示，只不过是又一个圈套！

现在我敢于承认吗？其实，解谜的密钥不在彼处并不让我真正感到忿怒。如果像我有充足理由假设的那样，我寻找的信息属于灵性范畴，那么，作者要传递该信息，就不大可能放着与最高贵的感官视觉密不可分的文字不用，却选择与听觉这一相对低级的感官相关的言语。

此外，大声诵读之时，注意到嘴巴与颜面的变形（如此怪异，以至于某些时候，我真想狠狠地把鞋子掷向面镜），我忍不住暗想，从严谨不变的文字到鲜活而偶有小误的言语，无论在我眼中，后者如何别具魅力，那显然都是一种退化。

译注
1. "舌头"法语中为langue，也有"语言"之义，故有此说明。
2. Bède Tchang Tcheng Ming（1905—1951），耶稣会神父，巴黎大学文科博士。著有《〈诗经〉中之对偶律》（*Le Paralléisme dans les vers du Cheu-King*）。
3. Gaston Van Bulck（1903—1966），比利时耶稣会神父，著名民族学家、语言学家。发表过《东巴刚果人的口语体》（*Le style oral chez les Bakongo orientaux*）。
4. 亚历山大体诗句每行十二个音节，第六个音节后有一顿挫。
5. *Zohar*，希伯来语"光辉"，犹太教卡巴拉神秘主义学说最重要的文献之一。

7

故而我只得重新上路。自然要前行。问题是如何前行，行往何处。我已经从各个方向多次穿越这篇短小的文字，但就是没能拿下它。

于是我有了一个新主意，老实说很简单。

若要推进，最终打破屏障，显然我得再次逆向而行。回到原初元素，回到语词。而鉴于语词像空气或水一样，对任何穿越企图形成阻力，要粉碎它们的阻力，即应果断地粉碎语词本身。别再试图诱引它们，或者靠反复的笨拙之举吸引它们居高临下的同情。相反，刺探它们，直至它们毁灭。必要时，揍它们。用十字镐猛凿，俾使显露出若干脉络。如果这都不够，那还有更讲究的大刑（虽然反感，但必要的话我只能召唤这些手段）最终会让它们从实招来。

于是，我一个一个地重新研究这一页上的语词。

首先，我察视它们，仿佛用手指轻轻拨动项链上的一粒粒珍珠。接着，我开始将每个语词切分成音节。我想，如果我能足够深入它们，从这些有声碎片中，最终会冒出令人恍然大悟的注解。

我相信我的追寻走上了正轨，因为这一次它将在神话之中寻找范式：一如伊西斯拼合她兄长——同时也是她丈夫——躯体的碎骸[1]，我努力一个音节一个音节地，把隐文的各个元素组合起来。

在此过程中，我忆起几种印度古代和罗马起源之初的诗人爱用的操作方式。他们致力于再现、暗示一个名字的读音，且不知乏倦：那是他们想要纪念的神或者凡人英雄的名字。甚至有时候，作为整个文本的主题、由头的这个词的发音一次也没有明白地出现过。或许这里即是此种情形？

但是，我的全部努力收获的只是些极不稳定的产物，来不及给予我任何启迪便消散无踪。

于是我决定直接对音节开刀。带着一股冷漠的怒火，我开始了操作。仿佛忽然之间，一种毁灭的欲望，一种对规则之暴力与任性的反抗精神，在我内心深处觉醒。每个音节被迅速拆净，彻底还原为构成它的字母。这些字母，我一个个读出它们，删掉一些，又恢复一些，不断窥伺着我可以从纯粹的印刷符号走向信息的那一刻。有些人毫无障碍地在他们不多的莺啼里嵌入拆词重组的游戏，便曾在《黛丽》（*Délie*）[2]中读出了思想（l'idée）的喻意，在头骨中看到了褪去光华的珠光恒星[3]。

那是一个无尽的涡旋。但它偶尔会开启一道绚丽的字线。它浸输与我至上全能的感觉，使我得以用一种新眼光看待语言。语词、音节、字母终于从它们前生契结的所有可疑关联中解脱出来，挣脱了通常束缚它们的错综联结，仿佛刚刚诞生一般予我震撼。它们迫使我重新使出基础的拼读技能，让我感觉又回到了当初满怀惊奇与赞叹，发现字母的秩序和它们无数组合形式的时代。字母系统本身卸下了那些永恒的矫饰，以最朴素可亲的一面呈显在我面前。

我确信，这一次，我将超越语言的所有形貌与装饰，实实在在地触及它那无可质疑的柔韧性。对于这种令人沉醉的感觉，我挚爱的老师，年迈的雷蒙先生（为了提升教学质量，他几乎穷其一生都游弋在《拉鲁斯》和《利特雷》的词海中），有一日曾在与我的一次单独交流中提醒我，用那种令我印象深刻的古怪非洲口音（如此刺耳，如此生硬，使我忆起我一个叔叔的口吻）："防着点儿，那些您觉着语词走偏，或更确切地讲脱轨的时候……"

我已经知道——这是我在之前的冥想中自己发现的——语词（mot）其实承载着死亡（mort），虽然表面看不出[4]，而在一切所谓显见事实（évidence）当中，惟有触目的空无（vide）。但是现在，情况更糟：一个陈述（énoncé），任何一个，我只要对它略加关注，便会发现它正由里往外被执拗显现其中的否定所侵蚀[5]。简言之，眼睛时刻警伺，我开始瞥见人们谦卑地同意穷尽各种言说可能时所瞄准的目标。

我不认为我这样做是毁坏，相反，那是创造。一切都让我相信我正在参与一个奥秘，大自然的根本奥秘：将一物分解成它的基本元素，再以一种别样的形式重组。如是，经我操作，语词也加入了死亡与复活的基本循环。

我对这个结果并无不满。

可惜，尽管令我称心（它让我得以结清一些旧账），但它显然不是当日我所等待的结果。

我越发迷惘。

我越读，便越是（因为文本的密钥依然无法触及）陷入困境。我像搅动黏土一样搅动这页文字，把它撕成不能再小的碎片。但我尝试的所有途径最后似乎都走不通。如果其中果真藏有信息，那我现在必须承认我毫无头绪。

我感觉悲哀及其刺耳的尖啸在体内蔓升。

我自己在这整件事中无疑也有点错：我为什么就如此天真地屈从于我对奥秘、谜团的浪漫嗜好了呢？被这种见普通人未见之难点的古怪执念迷了心窍（一日，一名配合的友人言之凿凿地对我说——他一定认为这能安慰我——这种执念不但罕见，而且产出颇丰），我头也不抬地撞向了一个也许是想象出来的障碍。

没工夫再入歧途。我急需找到一种抗击迷失的武器。

我想到所有那些阅读时比我幸运的人，他们在书中一下子便找到了自己觅寻的东西，有时甚至比期望的更多。比比自己，我不禁心生憾恨。这个家伙真是的，但凡他行行好，粗疏大意一如那位随兴而著的法国领事，某日把寄与上司的加密信件和密码放在同一个信封寄出，那将省却我多少烦恼啊！为什么领事的这封信，倒没能像他这部或那部标题如旗帜般拼搭颜色的作品（但依我拙见标志性远逊）那般，被所有笔耕者奉为圭臬呢？

不幸，我的这位文本作者，他虽不受外交信函的规则束约，却似乎反而着意藏锁一切：既无前言，亦无始篇，既无引言，也无绪言。没有任何页边的说明、注解。啊，这页见鬼的文字，我要是能看到作者手稿该有多好！那样我便可以查验他的手迹，细勘他写下的每个字母的笔道，剖析他分配或组合字母的方式，一定能戳穿他的真面目，我的这位无名氏。因为没一个活人能守住秘密；他根本无需松口，自会露出千般马脚……

但是，有如那些古代的纪念碑柱，雄壮、巍峨，丝毫不需自证，也完全不屑于向目瞪口呆的路人寻求认可或理解，这页作者未知的文字就是这样赤裸裸地呈显于此。

我要继续与这位无名氏斗下去吗？

难道不是十分明显吗，与我出于对不知何种喜讯的期待而一心要强加于他的离奇信使的角色，他根本对不上号？

一刻，我感觉看见他在我面前，近在咫尺，刚刚写毕这段文字。想到我们所有这些将会读到他的人，想到我们的失败不啻对他的致敬，他满足地微笑着。他想象我们好似一群鸽子在风标周围盘旋飞翔：转啊，转啊，转啊，而后，力竭，坠地。

我现在甚至自问，为什么会一直被这页文字牵着走。此前，我拒绝睁眼直面其令人沮丧的现实，我是否应把这种拒斥视作一种本能的防御,其目的是抗击一种更为清醒的状态可能对我造成的冲击?反正这也不是第一次了。

诚然,这几句文字也不是一丝一毫的魅力都不具备。但整体平平。没什么特别动人或诱人的地方。能给人以感官愉悦或激起强烈反应的意象、能让人误以为有所发现——哪怕只是一瞬——的灵光闪耀一处都没有。再者,这一文本于我,据我所知,也丝毫谈不上性命攸关、荣誉攸关。不合时宜的扮演俄狄浦斯的欲望,是导致我把一名三脚猫作家当成狮身人面兽的惟一原因。

说到底没有秘密,这些语词表述的不外它们看上去所表述的意思:其余一切皆是文学。

译注

1. 埃及神话中，伊西斯与其兄奥西里斯结为夫妻统治埃及，但他们的兄弟塞特密谋篡位，害死奥西里斯后分尸丢弃。伊西斯寻回丈夫的尸块拼合完整，作法令其复活。
2. 文艺复兴时期法国诗人莫里斯·塞夫（Maurice Scève，1501？—1564？）的一本诗集，以形式别致、含意隐晦而闻名。"黛丽"是古罗马神话狩猎女神狄安娜的别名。
3. 法国超现实主义诗人罗贝尔·德斯诺斯（Robert Desnos，1900—1945）采用拆词重组法创作的警句集《露丝·塞拉维》（*Rrose Sélavy*）中有一句：哦，我的头颅，褪去光华的珠光恒星（法语原文作 O mon crâne, étoile de nacre qui s'étiole.）。
4. 法语原文sans en avoir l'air，可据字面理解为：不含"air"。法语中，air读如字母r，而mot（语词）正是"不含r"的mort（死亡）。
5. énoncé一词中包含法语否定词non（不）。

8

除了少许细节（但并非全无影响），我基本上又回到了起点。或者更确切地说——略作深入检视之后——倒退甚远。一点没错！我像一个笃信速胜的骑士般慷慨上阵，去解救被邪恶巫师囚困在言辞陷阱中的蕴义，结果，一场曲折的定向寻宝游戏终了，被拉下马的却是我。遭困，失陷，被击溃，被碾压，被践踏，简言之，我败了。要翻身的话，只能指望某种外力介入，可能性太低了。真是令人沮丧的逆转！

如果阅读——一如写作、说话——是一种爱的行径，那么当下，我与此书便抵至了夜的暗淡一刻，仿佛精疲力竭但意犹未尽的情侣，对是否再次发起爱的冲锋犹豫不决，独独憧憬一口鲜洌之水。

我的好奇心，前一刻如此强烈，此时消散一空。被过久勘视、叩问、纠缠的语词，最后于我变得晦涩不明；它们使气一般缄口不言，缩回坚壳之中。

我有一切理由丢下这无趣的一页不管。我和它缠斗了那么久，来回咀嚼、反刍，以至于它在我口中留下了一种古怪的味道，俱是酸辛，不知如何祛解。

我徒劳地（根据我矛盾的直觉）从演算、祈祷、音乐、献祭的角度轮番解读，但基础比耶利哥的城墙[1]更坚实，这一页终归屹立不倒。每一次我以为即将把握住它的蕴义，到头来仍不过清风一握。如果视觉果然是看见不可见事物的艺术[2]，那么，必须承认，我方才完美地呈上了我完全失明的证据。

如同那些失败时大肆欢庆（否则那份屈辱会重得无法承受）的民族，我要寻找某种最后的慰藉。我找到了，并不轻松：我想象自己纯粹是中了邪。是的，类似某种诅咒。那种某位埃及学家朋友曾正色对我说过的、降临于竟敢让第一缕光线透入法老（通常应在永恒的黑夜中长眠）陵墓的莽撞挖掘者的诅咒。

当然，也用不着给福楼扎克打电话了。跟他说些什么呢？我不在乎他的书；我甚至准备将其扔进废纸篓，一了百了。而且我也不想告诉这位友人，我被这只可能是他一个玩笑的玩意戏弄得有多惨。真要找人聊的话，不如找西蒙或者弗朗索瓦。对啊，"阿洛布罗基人"[3]与"寒鸦"，我们年轻时在巴黎搞的那个政治文学法伦斯泰尔的老人，和那可怜的夏尔一样。起初我们是七个人，一小群不倦的梦想家，很快有些半上流社会的人加入——当时风气所使，那些家伙个个自称第三世界主义者。他们会笑迎我这本书和书里装腔作势的文字：因为他们清醒的头脑并不排斥快乐，一切于他们都是嬉笑的素材，所以有一次他们才会提议（但未成功）将我们的小团体命名为"无畏思想者"（penseurs sans peur）。

蓦地，我忆起一段那个时代的往事。

那是我们宣扬救星，或者更确切地说对灵魂的拯救将来自亚洲的时候（这一信念并未保持很久，反正不比先前所有那些至少被许为具有同样识见的信念长多少……）。为了适应这一日，我开始尽力调整自己的思想。当然是通过阅读，外加对东方智慧的速成式修习。

这期间，佛教禅宗的某些操作给我留下了深刻印象。我一开始即感到它们与另一种异域情调稍逊的传统出奇地相似：希腊犬儒主义传统，特别是以挖苦、侮辱或暴力手段动摇未来门徒，使其哑口无言的规矩。如果我记忆准确，在这方面，尤以临济宗及其旁门手段独树一帜：临济祖师的棒击与他饱含不屑的嗳气一样有名……

禅宗师傅会向新人提一些看似没有答案，至少没有合乎逻辑的答案的问题（公案）。这些以谜语形式出现的陈述那时候对我极具吸引力；它们让我想起几种最有说服力的超现实主义蝴蝶信[4]。第一个问题就能让人想上好几天：

你知道双手互拍的声音，但一只手会有怎样的声音？

接下来还有许多：

当有人呼唤你时，是什么让你答复？

以及：

你出生之前是什么面目？

不幸的新人在这些问题上久久碰壁。他的头脑陷入真正的死胡同，他的理性一筹莫展，整个人最终进入一种极致紧张的状态，据说对顿悟颇为有利。因而有一日，他将能超越对立、超越矛盾，一眼参透现实。

万一我的这位匿名作者正是这些冲击性教学法的信徒，属于那一小部分知晓正道在哪里的人呢？那不是一条宽阔、空敞、大树成荫、向所有人开放的道路，它崎岖、多石（或许多沙），障碍重重。我马上想到，他或许曾在遥远的他乡参禅修悟，所以通悉此道。

因此，与常例相反，这次不是由作者拽领我前往奇域漂泊；是我必须从仅存的回忆出发，回溯整个链条，重建令他学习成长的那些远游。鉴于我当下的处境——我本以为考验已近终结，这一突然的角色转换反而不怎么令我震惊。

我甚至乐于将他想象成一个旅行者：儿时起便痴迷于"出发"一词含括的千种承诺，喜欢不知疲倦地翻阅若干伟大作品，在那些书页中追寻盐与风的气味，海潮的气味，涂刷沥青的船只被八月骄阳炙烤的气味，以及旧港口的一切浓烈气息。暮年，他实现了夙愿。但此时，展望着最终与宇宙合为一体，他开始与天地竞短长。一日，他独自登上一艘邮船。这些船在海上游弋数周，往远方的港口卸下一批批身着白衣的旅客。

无心游览布满裂缝的陵墓，他四处漫步，信马由缰。在贝拿勒斯[5]，他在一个月盈的夜晚偶然来到鹿野苑（他不知道佛陀当初在此第一次说法），在那里冥想一整夜。在科伦坡郊区，他在椰林中凝望游廊平房与花丛妍然的阳台。随后，厌倦了游荡，他在一日清晨决定停下脚步。

或许暗中找寻着某种形式的惩罚，并坚信自己能从中走出，获得新生，他与某位上师盘桓数月，在其严格、耐心的教导下，得以接近四谛[6]八正道[7]。他也因此机缘发现了公案的功效。或许他甚至还思考过著名的长矛公案：你在开口之前将舌头在嘴里转了七次；你在喝喊的时候能折断多少根长矛？[8]

结果到了他那本书——一本无疑会详细记录他的漂泊生涯与开悟经过的书——杀青之时，他略带怀念地忆起年迈导师的手段，生出借鉴的想法。考虑到在被阅读之前遴选自己的读者，他决定考验他们的毅力和决心，正如以前别人考验他一样。能令他满意的惟有不会上当、能够领悟言外之意的人。

如是，一切或许就都能解释了。

谜底并不如我长久以为的那样隐藏在语词、音节、字母的形态或排布中，而是在其他地方：在应该投向这页文字的目光中，它终于以被我的好奇心改变后的面貌呈显在我眼前。

开篇的所谓悖论？那是古代的一种粗暴的教学手段，为适应当下的习惯而稍经改头换面，目的可能是制造一种讶异的光晕，是对长期为我们众多先辈所珍视的"疏离"的某种复制。

在访客面前摔上的门？一种些许特别的开始信号，一如戏剧开场时在台板上敲的那三下。或者更好，一种欢迎仪式，一种合契的表示，对于那些表现可靠之人的一份当即便能兑现的友谊承诺，这友谊或许还能维持下去，逐页夯实。因此，在僵硬的摒弃姿态背后，实应看到一个初步的、隐蔽的邀请。

一件事现已明确：应对开篇这一指令的惟一妥善方式是完全不予理会，若无其事地把作者作势禁止我的阅读继续下去。总之，我先前将此页视作一种挑衅并无不妥。但是这是一种激人迎难而上的挑衅。

走到这一步我很自豪，同时对找到这个解决方式颇感愉悦：这比我之前设想的所有解法可都简单多了。一如奥德修斯面对塞壬——但不需要塞住耳朵，我现在甚至可以向这个家伙还以嘲讽，知晓言讲意味着什么之人的平静嘲讽。

这当然不是人类关系史上第一次必须将信号完全倒转以找到信息的涵义。职业外交人士对此略知一二！

但这个解决方式应该是太简单了，所以没能立即出现在我的头脑中。它有待漫长与艰苦地赢取。没法子。有些人能够一下子找对道途，不会被弯路或分岔干扰。而我，仿佛独怕太快入港似的（难道是因为我疑心那里没人等我？），我会一脚踏上最长的路径。因此，之前那些硬性阐释虽显无益，但于我不乏浓浓的胜利的味道。

而且（到这一步为什么不明确承认这一点呢？）我很好奇，想知道在这些阻延我如此之久的文字后头会有怎样的下文。这一页在我看来仿佛一扇铰链锈住的门，卡得死死的，所以我一直执拗地拒绝将它翻过，它会开启怎样的风景？

我确信一眼足够，迅捷简单的一瞥，便可将我引上真正启示的道途。

或许我会突然明白，我找到了我的导师，我的解放者，他的作品，仿佛无边沉沉黑暗中的一点光亮，将从此照耀着我。或许这便是我长久以来梦想的惟一之书，书商不知，目录不载，甚至连最博识的图书馆馆员也不识，只对我一人言诉，它终于出现了。

仿佛即将踏入圣穴的新信徒，我不安地打起了哆嗦，难以自制。因为我在许多故事里读到过与这种相遇俱至的幸福与危险。我甚至想起那名书店伙计的故事（有人向我保证是真事），一日他在店里一排书架最上层许多长期遗忘于斯的德国旧书中发现了让-保尔[9]（一个他从未读过的作者，但其过短的姓名引发了他的好奇，并无来由地产生了一种热情[10]）的一个集子：他着手翻译，结果在他眼里如此迷人，以至于他当即决定穷余生之力发掘德国浪漫主义的其他重要人物，很快，他便成了这方面无可争议的专家。

我久久地品味这希望的一刻。以至于忘记了（在那一刻，我当然没有意识到这一不应有的遗忘有多糟糕）另一条家传的旧日箴言（教给我的时候不像之前几条那么郑重其事，但分量同样沉重），它告诫，即使在无上幸福之中，也一定要为痛苦留一点余地。

译注

1.《圣经》称当犹太人走出埃及前往应许之地迦南时，为耶利哥城所阻。他们听从耶和华的指示，连着七天环城绕行，最后齐声呐喊，城墙自倒。详见《约书亚记》。

2. "视觉是看见不可见事物的艺术"是爱尔兰讽刺作家斯威夫特的一句格言。

3. Allobroge，意为"异域之人"，高卢人的一支，曾生活于北阿尔卑斯地区。

4. 1924年年底，超现实主义者印发的一种介于传单、启事之间的散页，正面印有一些宣传语，背面刷胶，可直接张贴。

5. 今名瓦拉纳西，印度教、佛教、犹太教圣城，位于恒河畔，传为湿婆神所建，是世界上最古老的城市之一。

6. 佛教基本教义之一，苦、集、灭、道，是为四谛。

7. 佛教中指通往智慧的最高理想、最高状态的八种途径，分别为正见、正思维、正语、正业、正命、正精进、正念、正定。

8. 法语谚语"开口前将舌头在嘴里转七次"（tourner sept fois sa langue dans la bouche avant de parler）意为"说话前要深思熟虑"，而"折断长矛"（rompre des lances）意为"战斗；激烈争论"。

9. Jean-Paul，真名 Johann Paul Friedrich Richter（1763—1825），德国作家，德国浪漫主义文学先驱。

10. béguin。这几句影射让-保尔作品的法语译者、瑞士学者、作家、评论家、出版家、日内瓦学派先驱阿尔贝·贝甘（Albert Béguin，1901—1957）。1924年，贝甘从日内瓦大学毕业后曾到巴黎，在书店工作，并着手翻译德国浪漫主义作家的作品。

第三乐章

如果你的思绪意欲隐藏

所思的美好事物

告诉我谁能阻止你

运使沉寂?

梅纳德[1]

让人读懂的最好方式,是任一切被揣测。

勒韦迪[2]

译注
1. François Maynard（1582—1646），法国诗人。
2. Pierre Reverdy（1889—1960），法国超现实主义诗人。

9

原谅我。我现在必须对你提一个（要怎么说才不至于冲撞你呢？）无礼更甚于冒昧的问题。是的，你将如此评价：无礼。但它在我眼里不可缺少。这问题就是：**你确信这本书是你希望阅读的吗**？

请你务必核验一下，确保未出任何差错。因为，你或许不知道，没有什么比这类错误更不稀奇的了。有如此多的作品出版，相似的亦不在少数，以至于不留神的话，很容易弄错身份，将一个作者当成另一个。这里或那里，一个小小的字母，加上去，移过来，删除掉，有时便足够了。请确认，这不是你此刻的情形。须知你有完全的自由。

什么，这条新指令让你讶异？

甚至有点受伤？

你说，你不是那种仅凭一时冲动便开启一段阅读的人，更不会因为作者名字音近而上当。你深思熟虑，才选定了这本书，读到了这一页。

那太好了！既然如此，你可以无视这些言语，不予理睬。

但是，你，是的，就是你，你方才紧张地偷瞥了衬页一眼，核验其内容，结果不无愁虑地发现它（与你认为的最基本的习俗相反）并不完全符合你的期待，一丝疑虑，哪怕转瞬即逝，此刻在你心头飘过，别再等下去了，丢开这本书吧。

你不适合读它。

对，搁下它。或者，索性把它扔了吧。

但或许已经太迟了。

我一检查完衬页的独特之处（检查中我发现，那些通常的书籍信息被一个拙劣的花饰所替代，那是一幅印成黑白的油画，我没能当即准确辨识作者，但我认为肯定是一个弗兰德斯画家：霍贝玛[1]、布茨[2]，或者更确切地说某个认真的模仿者，靠着恬不知耻地模仿两家的画作而成了名）便一阵反胃。

我好不容易才把涌上来的东西咽下去。

我经历了如许颠簸，如许打击，本来憧憬着一场热情的接待。我原指望我也能，至少一次，体会到海难者历经漫长漂流，赤身裸体、筋疲力竭，被冲上一片未知的海岸，突然间在某位恻悯的神灵差来迎接他的一名双臂白皙光滑的公主眼里读到拯救时的快乐！如此，我会觉得我的坚韧得到了应有的补偿。

但现在，又一次，事情的走向全然不像充实我童年的那些故事。呈显在我眼前的并非我所期待的冲击、火花，总之某种信号（无论采取何种形式），而是这段味同嚼蜡的东西：我寻觅的是边材，找到的却是又一片树皮；我以为触及腑脏，可摸到的仍旧是皮毛！

这一页，我犹豫许久，迟迟不愿翻开；这一页，我在上一分钟依然期待发现牛奶的湍流与蜂蜜的溪湾[3]；这一页，其内容若如我所愿，本会（我已准备妥当）改变我的人生流向。可到头来，它什么都未解决，什么都未带来，什么都未开启：它给予我的启示只是又一个警醒而已。

恰好像我的这位作者，满意（这实在是蹩脚作家的一个旧习，而且他们还不打算丢弃）于第一页这个在他眼中的新发明，迫不及待地想要立刻再试身手。不过我还是注意到了一点区别。不论是语言还是语调，无疑与第一关过后的局面相适应，都有了变化：上一刻锋芒毕露的傲慢，突然，至少在表面上，换作了一种谦卑。

当然，问题并不总是出在方式本身。拿我自己来说，有时亦会在相同语词、相同句子、必要时相同页面相隔不远的循环、重复、执拗回归中获得一种快乐，仿佛一种迷醉。前提是这种手法在整体规划中拥有某种合理性。这里是这样的情况吗？我一点也不信服。

然而我还是试着严肃对待，试着理解我这位作者的措略。是什么驱使他如此计较，如狱吏一般看守着自己的文字？为什么他层层提防，环绕着看来是作品的核心部分，一如某位古代战略家在其刚刚建好的堡垒外，筑起第二道防线？他到底想保护谁：他的书？他（可能）的读者？抑或仅只是他自己？而且，防的究竟是什么？

如果排除掉单纯故弄玄虚的可能，那我必须认为这种回归并非无的放矢。它被用于言说什么，某些重要的东西，对那些成功跨越了第一关的人。但究竟是什么？

或许作者酝酿揭开一个奥秘的面纱，但要一些并无准备的头脑接受真相不无风险，他只想使他们免受冲击。以他的地位，他很清楚他之后的言语绝不是什么让人宽心的话。为此采取预防措施岂非再正当不过？他并不希望随便谁都可以随他进入他所探索的幽暗宙宇，从那里，他只带回令人绝望的发现。通过一切方式限制接触这些发现的人数，至少确保他们能够接受后续信息：毕竟，他执拗地狩猎"幸运少数"（happy few）的操作并无任何不可接受之处。前人在担负先知这一艰巨职责时积淀的经验应该让他睁开了眼睛：他们如果能略微注意到将要追随并立自己为师的人有多么轻率，估计一开始谁都不敢稍稍松一下唇角……

但是，一件事让我在意：他为维护自己的做法而找的借口，假托什么因为谐音导致的错误。我还从没见过这种操作。对于身份的这种突然关注，在一个恰恰选择不揭晓自己身份的作者笔下算是何意？疏忽？轻率？我又可以提出一系列新的假设了。

或许他希望通过这样一个与开篇致词几乎一样充满悖论的挑衅再次刺激我的好奇心，提醒我不应止步于此，重新激发我对那一页的兴趣——他一定会想到读第一遍的时候它只会让我失望：他是在激励我不要继续充当岸边的看客，要超越矛盾的表象,把我已经开始的探索进行下去。

但或许他更确切的用意是希望让我认识到所谓的匿名只是虚构的。在人们尚不情愿披露自己撰著者身份(今日很难设想)的时代,许多作者习惯使用各种技巧来藏匿名姓,但都不难拆穿。他或许也一样,巴望着读者猜到他是谁,远未彻底地隐姓埋名。为此,他想必做了所有该做的事情。他名字中的一些元素,仿佛撒入潭沼的一把盐,肯定隐藏在文本中的某个地方。心里有数的读者,只要探测到若干手法(它们在文字游戏使用的所有手法里属于最基本的),便一定能寻到。

我甚至怀疑,在他一切的诡计和佯装的谨惕背后,或许还掩藏着一丝苦涩。事实上,他恼着呢,我的这位书写者,恼我没能一眼从他半遮半掩的文字里读懂他。只因为我不了解他,对他的习惯一无所知。他一定希望我是在同道的隆重推荐下才接触的他的作品,做好了屈膝膜拜的准备。譬如,众人持续的议论让我知道了这个隐居在阿尔代什河畔小农庄里,默默无闻,仿佛呵护他的秋海棠一样精心维持匿名的作者的名字,那已经成了某种通关口令。某日晚上,一位密友在晚餐结束时凝重地与我谈起他对这本罕见之书的看法,他在多月追寻无果之后终于弄到了一本。我从而了解到这是一部私密且有力的作品，它已经被一小群爱好者奉为真正的崇拜对象：他们反复读它，思考它，从中汲取养料。充满好奇且为之吸引，尤其是急不可耐地"领圣体"，我会心甘情愿地，甚至带着某种急迫，投身于一切能让自己进入这个小圈子的仪式。我的"入教"一不会是仓促之举，二不会是某种纯粹的偶然，一如现在这般……

又或者，我又寻思，既然这位作者如此着心提防被误解的风险，那最可靠的方式难道不是保持缄默吗？

但问题是，他并未缄默。或者更确切地说，他当时并未缄默。

鉴于我设想他对禅宗有一定了解，我惊讶于他没有像许多其他人那样受梁楷[4]那幅画的启迪，画中，一名老者带着恶笑把一卷手稿撕成碎片扔向风中。无疑，他的修为不够深致：他没能掌握佛陀挚爱的那种交流方式，无言的交流。

因此他搞了这么一出。

仿佛有股比他更强大的力量（许多回，我在一些重量级的作家身上见到过这种力量）支使他在宣讲的同时隐藏，在挑拨的同时辜负。

我尝试在头脑中重建他的困境（毫不费力：我只需将自己摆到他的位子上）。他必须满足两个无法调和的欲求。写作：以避免人生在内心积压的话语的重荷下弯垂、摇摆，郁积的话语很可能磨蚀他的生活；亦为了打破，至少部分打破缄默引致的孤立。但与此同时，某种过时的焦虑依然存在，他必须遮蔽、掩藏他的文字，以规避它可能承载的危险。一方面是创作一部作品的需要，一方面却不能赋予这部作品令其满意的内容。

我曾有机会遇见一些作者（何必指名道姓呢？），他们相信文学只是一种变奏的艺术，年复一年，看似积累了像样的著作，实际上总是在写同一本书。我担心这次遇上了一个更稀有、更奇特的样本：一名接受他的书缩至一页、一味重新开始的作者！

这一切的荒谬迅速化解了我的忿怒。很快我只剩了一种炙烈的、无可抑制的谑笑的欲望。因为，以禁止与威胁开场，带着朦胧的悲剧意味，这事正沿着一条具有确切标识（因为久已被发现与标记）的道途变为不折不扣的笑剧。真是的，我的第一反应即是正确的，我真该贯彻下去。整件事从一开始便有股子骗局的味道：这个小丑甚至没有一丝秘密，困扰他的并不是他与我的关系，而是他与自己的关系。

我愿承认，我期盼过高，希望膨胀到可笑的地步。说实话，这是我的一个老习惯，我是改不了了。我的人生长时以来由这些不合理的希望、这些必然（forcément）落空（且大大［férocement］落空）的期待构成。我总要不断地探索新的域界，每次都会变成一场真正的远征，但从中，我充其量只会收获一丝感伤。这个无名作者为什么会纠缠我至如此境地，逼我穷尽反抗之力？事实上，我应该知道得很清楚，我寻找的东西（还能怎样称呼它？）既不在我读过的书中，亦不在我想读的书中。它只有希望存在于那些我甚至从未想到过，而且估计我无论付出怎样的努力都没有机会呈显在我眼前的书中。

在但丁笔下各类下地狱的人里，有一类人特别遭罪：他们曾得神灵眷顾，被给予幸福所需的一切必要元素，可他们并未利用这份馈赠来增加幸福的时刻，反而终生都在折磨自己。

我还能翻转这一页往前行进吗？这甚至不再有禁果的味道。我双眼已经擦亮，不能不看到这种人为制造的悬念有点病态。

我才翻至第二页，内心便已感觉到一种沉重的空虚感。无疑与许多其他人据说仅在读完一本书之后才会体验到的空虚感类似：作者在一开场即将獠牙扎入了读者的肚腹（而后者被此意外惊呆，听其所为），到这时候已经一小口一小口地吸完了天知道某种对其事业的持续必不可少的液汁。

我现在有点半寐半醒，又想起坡，想到他那个奇怪的故事，讲述一个画家为他年轻的妻子画像；他画的肖像如此生动，如此逼真，结果完成之时，妻子竟然死了：肖像从原型的生命中汲取滋养。

译注
1. Meindert Hobbema(1638—1709),荷兰黄金时代风景画家。
2. Bouts,15、16世纪弗兰德斯画派早期画家,父子两代都是画家。
3.《圣经》里称应许之地迦南为"流奶与蜜之地"。
4. 南宋画家,生卒年不详,工人物、佛道、山水、花鸟。下文提到的画指《六祖撕经图》。

10

必须再次向那些少数人强调至少我如此希望他们或许不小心忽略了又或者相反看到了我的双重警示却佯装不知须知你们的历险将在当下这一刻正式开始别告诉我你们做不到我向你们保证你们会大吃一惊事情将在你们完全同意之下以平和的方式进行某个你们不一定了解其最新意图的人因为时间原因他未能向你们完全展示将在此时此地你们的生活中占据一席之地同时通过一种你们从未有机会如此精确地体验其完美可逆性的变换你们也将进入他的生活只要你们能够像此刻所做的那样一直盯视着他他将不知疲倦地为你们展开他所准备的信号但是你们与他是什么关系他与你们是什么关系你们将无法向第三

者说明你们和他相较于对方的地位你们可能会说你
们以摔跤运动员的经典方式对峙他们在发起攻击之
前长久地对视打量并试图通过这一无声信息向对方
表明自己不会手下留情可是你们难道不是更像起跑
线上肩并肩的跑者又或者同路的伙伴即将团结面对
一场艰难跋涉现在还不是下结论的时候你们可以稍
迟再定等到能够更好地把握迎向你们的这个人的面
目的时候目前他在你们眼里还只是个轮廓模糊的身
影这也是目前你们在他眼里的样子这场游戏能持续
很久如果你们两方没人自曝身份按照传统他会第一
个揭晓自己且在你们依然充满怀疑的眼眸之下因为
你们一直保持着戒心甚至每读一行增加一分这正是
他方才所为

我很容易便在此停下了阅读。倒不仅仅是因为又一阵无法抑制的忿怒。

在这段剔除了所有标点符号的文字之后,我再次遭遇大片空白。我抓住机会。我需要恢复一下,方才在这一大堆估计想搞得如幽暗的森林一般稠密的语词间寻路太吃力了。

作者这是又找到了一种新的劝退方式。一种使我气馁,同时愈加忿怒的方式。一种比以前更阴险的方式：这次是在辩识度上做文章，刻意模糊信息的外观！在傲慢与谦逊之后，这回他选择了（这是第三道防线——但无从确定它是最后一道——整套布署的精心程度超出了我之前的设想）晦涩。

或许我就该趁机悄然遁去。那不正是离开这个马蜂窝、终结这段遭遇的好时机吗？

但是，我对自己的冲动还是一百个不放心。事实上，我在文学方面轰轰烈烈地出过几次丑。一些不甚值得骄傲的插曲。年轻的时候，甚至在一个更近的时期，我不止一次发脾气，轻率地摒弃一些被我骂作"疯狂""荒谬""无法理解"的文本，但之后我发现，它们是一小群行家眼里的重中之重。

只举几个有代表性的例子。我一直没能忘却（估计近期也还做不到，因为不时仍会不由自主想起来，此刻便又想起一次）当我第一次（受一位老师鼓动，他一心健全我的修养，估计还想测试一下我的反应，但在这件事上——许多有时会被善愿遮蔽判断的教师都这样——他高估了我少年人有限的能力）读到它们的时候，一开始有多意外，继而又是怎样的错愕、震惊、愤慨：美洲不知哪儿的河流上，一艘既无船员亦无船舵的弃舟奇特的旅行回忆,充斥着幻觉;或是一个恶魔般的主人公在恐怖的激昂氛围中,为打倒上帝而全情投入的一系列着实宏大的历险,一场末日大战;又或者,当时在我看来最糟的——的确,几年规规矩矩的经典阅读(《恶之花》的几首"禁诗"与没落贵族德泽森特[1]博学悖俗的美妙之举已是前突的极致)在令人如此困惑的文本面前帮助不大——一个神秘人物狂热堆积成百上千页杳于分段和标点、难辨头绪的词句,这人一开始让我觉得他(管他会怎样想)比起文学更熟稔上流社会的无聊琐事,但一旦把某种圆形糕点(至于我,我当时既不知道这种糕点的味道也不知道它的名称,因为母亲平日犒赏我的当然不是这类松软的点心)在茶汤里泡过之后,他最终成为了他在整个故事里一直担心无法成为的作家。羞耻心与对嘲笑的恐惧是仅有的两个阻止我继续列举下去的理由,但请相信我,我的战果丰饶,失误的挎包远未掏空。

为此故,我决意保持最大的惕慎,惟在成熟思虑之后再下判断,且始终心存戒惧:因为步福楼扎克的后尘,我了解到(我反复告诫自己这一点,仿佛一个无可争辩的历史真相)辨识度差的评语是一些惰怠或者胆怯的评论家发明的,他们无法付出阅读某些文本所必需的努力。

而且，作者如此不屈不挠震撼了我。他顽固地腾挪闪避，究竟希望达成怎样的目标？再次刺激我的好奇心？为即将出现的真正的主角登场做铺垫？我猜测他应有重要的考量可以解释这些操作，这些规避。它们至少是一段难以启齿的自白的迹象。

我感觉我可以通过想象重构这段自白，一如我过去（以一种早已弃我而去的轻松）重构一连串导致某个同学对我讲述某个谎言的理由。

譬如，为何不能想象我这位来自奥伯纳的匿名作者（如今时每个人一样）也怀揣着闪耀文坛的梦想？他又惊又痛地（类似于贤妻良母井然有序地在肉铺里排队等候服务，却看到一个袒露胸肩、衣着刺眼的外国少妇，无视挤而无怨的队列，堂而皇之插到她们前头时的心情）看着某些跳梁小丑（不管他们功过如何，至少在其外省的僻壤之地，他将这些人归于此类）在巴黎文学界收获彩声，他们的挑衅、怪癖被当成天才的表现大受追捧。于是，原本超然于时尚，忠实于标准古典透明写作的他起了念头，要展现一下他破坏规则、模仿严重错乱的能力。但是，他未能在这条本会成为激进美学研究的道途上走多远。或许因为在奥伯纳，文学时尚来得总有些滞后……

因此他不知道，这个天真汉，在人们竭虑尽思摧折语言、凌辱言语，破坏其最基础程式（这些千年万载被大多数民族自发冠以神圣光环的程式，已经证明且充分证明了它们的坚韧持久）的这一域界，加码（仿佛这种坚韧只是用于激化某些人的怒火一般）的狂热猖獗肆虐，哪怕（或许尤其）在最古板的出版社，无一页堪称"写作"（这个词当时相当于对一切罪孽的赦令）的文字不被最终付印，某些年份，它们莫不承载着用陌生语言或者字母撰写的冗长段落入侵的痕踪，莫不充盈着汉字或者拉丁语、希腊语、希伯来语箴言（有时被耻辱地歪曲，且泰半被误读），又或者，像一股岩浆裹挟着大量扭曲、灼烧且半已熔融的语词，莫不令规则瓦解更甚，令构成页面主体的那团混沌的铅字愈加晦涩迷离。

他的文字里丝毫没有这些。当然，他自以为具有颠覆性。徘徊在不可辨识的边缘，他试图动摇我的一些基础；或许他甚至还自矜于以此为我提供了些许少有的惬愉。但是，他中途停了下来，没有把挑衅推向就连意义的存在可能都渐渐消隐乃至消散的极致。他没敢把这艰涩而生硬，即使最伟大的作家也只敢在最后的作品中表现出的一面强加于我。

因此，一开始的惊讶过后，我并未在这一页（它甚至没想在字体字号、空格布局或行间隔距上玩花样）看到泻如瀑布的缩合词、应景而炼的新词、泛滥的拟声词，或是海啸般袭来的五十或百个字母的巨怪词。

显然，言语与文字在他眼中基本保住了旧日地位。他相信文本的外观，其视觉表象，决定了文本的涵义，故而特别注意这一页的呈现。他不希望他的言语进程被中断，希望它被感知为一股滔滔不绝的语流，为此，他干脆取消了句号和逗号。

我正要为这种克制（肯定是无意的，因为我强烈怀疑比起智慧的表现，这更是怯懦的标志）表扬他，忽又想起书名页：那儿可是并无纠结地越了界。至少我第一次接触到这本书时感觉看上去是这样。但鉴于前一日以来，我已经不得不许多次承认错误、改变看法，我显然不能自囿于这第一印象。

我认为现在是弄清这事的时候了。特别是与此同时，在不断滑向不确定性之后，我感觉我需要一个定点：某种最终坚实的东西，让我可以牢牢攫握。我想知道——我认为这是最起码的要求——这本书的书名。哪怕只是为了能在必要时正确地指称它。我觉得在一本于我依旧双重成谜的书上花去如此多的时间实是荒谬。

于是我重新研究起印在通常预留给书名的那一页上的

图案。

起初我以为那是某种手绘，就像在一些最珍贵的手稿里，让人一眼便可明了将要读到的章节内容：那些框饰、带饰、铭饰、扉画，有时则索性巢栖在首字母下垂或出头的竖笔之上，甚至挤在首字母中央着意留出的空间里，它们是一个个舞台，优美艳丽的布景与易于辨识的人物被精心编织在一起，刻画出一个个著名事件，历史或传说中一段段重要篇章。我在书桌上方钉了许多明信片（我喜欢在自己周围与视线齐平的高度放置各种来源的大量图片），其中便有三张印的是此类场景：其一，当着目瞪口呆的臣辈，纳布甲尼撒准备把孩子们从火窑中放出[2]；其二，被那布哈拉一大群戴头巾的信徒围绕，成吉思汗高谈阔论[3]。最后一张，我最喜爱（因为是索菲短暂访问比利时王家图书馆时从布鲁塞尔寄来的），三名盛装打扮的贵妇围在"好人"腓力[4]身边，他煞是疲惫，捺不住倦意，另有一名贵妇在为他读书。

但是这里不一样：在这一书名页上，辨不出任何传统的场景与人物。

那它是一个纯粹抽象的构成，一如那些在印行的东方作品里几乎无从回避的编结纹与卷草纹？也不是。我看到的确实是排印产物，但是是一种古怪的排印方式，至少我是从未见过。

书名由一系列精琢细雕的大写字母构成，字母的图形似乎想模仿——但拙笨得感人——埃及象形文字（不过我怀疑没有一个在王名圈[5]里出现过）或中国会意文字（可它们显然从未被用于铭刻碑碣）。

事实上，这团东西更容易让人忆起儿童杂志里的那些图画，同一张人脸，随着观看角度变化，既可显示为一个长发飘拂的年轻女子微微侧转的笑靥，又可显示为一个女巫般的丑老太婆的特写，一脸傻笑，而且还没牙。我记得这幅画让我痴迷。它也让我不安，因为它仿佛在归咎我个人似的。我那时不明白是怎样的魔术使得一个人的耳朵或者面颊会突然变成另一个人的眼睛或者鼻子。我当然憎恶女巫，无论如何都不想与她单独面对面；可是，当我眯眨眼眸、把图画横来竖去一番折腾，一觅回年轻女子美丽纯真的微笑，便想立刻核验一下另一张脸是否还在。我会像这样花上很长时间往返于两张面孔之间，在捕获其中之一的时候总是担心再也寻不回另一个。

但是这里，我徒然地试遍麇集的字母予我暗示的每条道途，一条接一条，没得出任何满意的结果。

久之，我意识到我一个人力有不逮。对付一名略显变态的专家，譬如我这位匿名作者，必须得是能够破解那些手段的其他专家。在我的友人中，我知道有两位对于这路活计比我更具优势。我最终决定找他们帮忙，当然，这本书先前让我经历的一切我是坚决不会同他们讲一个字的。

我已经有很长时间没有见过他们中的任何一个了（我不由惊觉他们已连续多年缺席了我们例行的"思想对接"），但我们的羁绊如此久远，如此牢固，如此阔别于他们丝毫无损。弗朗索瓦（大家都管他叫"寒鸦"，这个绰号的来历不明）与老伙计西蒙（他让我们叫他"阿洛布罗基人"，自称来自维也纳[6]）气味相投：他们两人都热衷于奥秘、谜语、字谜与各式各样的难题。"寒鸦"在布拉格街一家保险公司任职，颇多闲暇，最喜欢的便是编制新谜，按自己的心思随意加料。基本上每到一定时候便能在几种发行量很大的周刊上撞到他的一些发明，在8月的几期里被作为沙滩游戏提供给读者。他甚至在一份日报上开过一整年的谜语专栏，标题甚是诱人："寒鸦谜藏"。但是，最美妙的作品，他决不发表，他把它们留给最亲密的友人，供他们一展捷才、收获愉悦。

"阿洛布罗基人"即为这些密友之一。非常年轻的时候，他便成了解决这类问题的专家，倒把本来的医科学业耽误了，最终也没完成。这一爱好把他的思维锻炼得如此灵活、机敏，使他在其他领域也大受裨益。一日，他在小酒馆同几个邻座开玩笑，给他们释梦。结果名声传开。他再试牛刀。来找他释梦的人越来越多。他沉迷其中不能自拔。从此什么都逃不过他狂热的诠释癖。

我感到有必要在两位友人到达前整理一番。书桌上依旧堆满了前一日找寻那缥缈的信息时潦草涂写的纸页。我不想让他们看见这些！于是我匆忙拾捡。接着把它们捧进浴室，勉强堆进洗脸池，带着一种我并不想否认的愉快点上火。但是，焚烧纸页的气味很快变得难以忍受，我不得不在一切烧尽之前离开浴室。

接下来我只需等待。

要是我可以联系上索菲就好了！这是与她聊谈的理想时刻……可她在哪里？我满足于又一次默默地在心里诅咒她对我的爱情设下的残忍荒谬的规矩。

我现在弦绷得太紧，完全没法干其他事情，不得已最终再次拿起那本书，在双手之间机械地来回翻转。

这次，我觉得它实在平平无奇。

我之前没来得及检视的装帧没有任何特色，甚至连一点能让人认出这本书，确定其时代、来源的特征也没有。排版显然很潦草，仿佛负责之人在最后一分钟接到一个急活，没耐性把版面调得更好，或者至少改改失调的长宽比例。至于字体……虽然不至丑劣，但看上去也不比其他方面更受关注，除非是刻意凸显奇异性。选择这些扁平的字体，使用字面破损的铅字，这算何意？我敢打赌，我这位作者和他的出版商从未听闻加拉蒙、巴斯克维尔或者波多尼[7]这些名称。

于是我想到（我忏悔，带着恶意，那又怎样，总不能老是流淌出善意）这位如此惕慎的作者至少错失了一个摆在他面前的、使他可以极为优雅地达成其冒险举措的可能性。

他声称不希望人们读他的书？没有什么比这更容易办到了：如果他能更大胆一些，或者对藏书家真正的习性更了解一些，他可以斥巨资出版一部完全不需要筑建防御工事阻止他人阅读，或者说由吓阻效力高得多的另一类防护装备护体的作品。

他可以制作一本书。一本以其绝佳用纸（某种日本纸，绵滑柔韧，仿佛保留了造纸成分中丝绢的某种质地），精致的带装饰的大号首字母、章首带饰、章末倒三角尾花、插图，以及选用的字体与铅字而独一无二或近乎独一无二的书。譬如，他可以使用文艺复兴初期那种美妙的、精心模仿手写字体的礼仪体[8]：想法来自他在一本目录中看到的一页影印的博纳旺图尔·德·佩里耶[9]的《消遣之作》（*Récréations*）。

当然，装帧上会特别下工夫。他会将这一任务委付于一位低调的艺术家，伟大的马吕斯·米歇尔[10]某位遥远的传人。这人即刻被吸引，会比较羊皮纸、绵羊皮、金色犊皮、粗粒开普山羊皮的优缺点，选定材料，在多种工艺之间犹豫：压印网格、烫金、镶嵌、击凸？他少不得会想出一种与书的内容最贴合、最能表达其灵魂、最尊重其节奏与笔调的装潢。

这样一件物品一旦完成将如此精美，落到把阅读当成某种基本且略显淫秽的进食形式的人手里自然是暴殄天物。相反。没有与大部分时候理直气壮、不囿礼节狼吞虎咽的读者遭遇的风险，它将为两三个口味挑剔的美食家专享，他们非美不取的目光能从排印精品中提取最精致的食粮。才离了装帧师、烫金匠的手掌，在绒面犊皮的护封下幽幽放光，比旧时婚礼之日的出阁处子更受呵护，这本书将立即入驻那从来便属于它的位子，当然是那个惟一的、能与如此完美的作品相配的位子：在一个坚实的玻璃柜中，远离突如其来的欲念的威胁，仿佛神灵被自己的庙宇所保护。

两位友人比约定时刻稍晚抵达；他们煞费艰难地进入

楼栋，又好不容易才觅至我的公寓；但这丝毫未影响他们的心情。他们的眼眸中闪着光，一举一动无不透出相互间的默契。对于组成我生活布景的那些平平无奇的旧物，他们迅速瞥了一眼，让我感觉一点不客气。我们尽量省去多余的客套。因为两人一想到他们希望释解的谜团便兴奋难耐，急着要看我在电话中描述的那个物件（我的描述非常扼要，因为想不出合适的语词）。

我于是把那本书拿给他们看。

他们一看到那团混作一堆的表意文字和象形文字，便整齐划一地——甚至都不对视一眼——大笑起来。笑声中的嘲讽明显胜过单纯的快乐。我窘迫的表情不但没能让他们停下，反而让他们笑得更欢了。

第一个找回正经的是"阿洛布罗基人"。"咳，你瞧，"他对我叫道，"不就是'书'这个词嘛。当然咯，加了点装饰：一点地摊埃及风，兑上些劣质中国元素。同时再额外奉送点最普通的变形！三脚猫的把戏。只需把页面稍稍侧过去看……"

他话音才落，答案便扑入我的眼帘。我之前怎么就没看出来呢？

我羞愧不已，向他们道谢。我现在迫不及待地想把他们送走，但显然不能表现出来。我献沏热茶。他们落座。杯皿中荡漾着佛手柑的香味，叙谈没完没了。

如同我担心的那样，福楼扎克的名字很快出现了。我这才发现他们对于我们这位老友的看法与我迥然不同。他们与他的关系自"柔草"时代以来已极度疏离。两人都参与了那场冒险。西蒙甚至还见证了致使公司急速倒闭的那一项目的启动。这是一个我不甚了解的插曲，因为那时，追随雷蒙先生的脚步，我还在非洲，混在黑人堆里。西蒙津津有味地对我详细讲述，得意地强调最微小的细节，那些他认为最能说明问题的细节——它们构成了他整个诠释系统的基础。

那是19……年1月，第三届国际知识运用会议在朗德[11]腹地拉布埃尔开幕，一切都始于那时。时机正好。主办方选择的主题（《虚构作品中的知识：机缘与/或滥用？》）似乎是专门为取悦我们博识的友人而构想的，否则以他通常的脾性不大会接受这类荣誉性役务——他那次应邀主持了开幕式，甚至还（在专程前来参加典礼的省长与大学区区长面前）发表了开幕致词。

站在讲坛上，也不拿讲稿，庄严缓慢地拉开每个音节，有力的嗓音因为激动和调试不佳的话筒而无法辨识（甚至对于不得不拥挤在后几排的大量听众而言完全听不见），福楼扎克的开场白一上来便让所有人大感新奇：

"朋友们，我们凭由神话知道缪斯是记忆女神的姐妹与女儿（一个较长的停顿，同时向第一排的女听众投去大大的微笑，她们虽有点困惑，但已折服于演说者的魅力之下，因为他的嘴唇在发出某些音节时拢成完美的吻的口形），但是我们也知道长久以来她们的协作总是极不情愿（叹气），而且我们还知道以写作为业的很多人听凭记忆成为专制的母亲（再次叹气），她一扎根他们的作品即成为作品的主宰禁止女儿们出现（再次停顿，更长；演说者的目光扫视会场，寻觅新的认同的反应），我们集聚于此便是要为这一痛苦的家庭纠纷寻找解决方案（第三次停顿，随即被糅杂着掌声的笑声打断）。"

半由当年处于学术休假中的美国年轻（也有少数不那么年轻的）女教师构成的听众到此已明白他们正在聆听一位大师。

于是福楼扎克果断出牌。他提纲挈领地介绍了自己的宏大计划：以五年为期，准备并出版一部恢弘的、所有时期所有国家诸类文学（他执着于这一复数形式，因为其中含括他最为重视的口头文学）主要作品的分析与批判辞典（他当时便已提出用DIACOMALT这一极为开胃的缩写词来称呼该计划）。

他相信缺乏分量的当代产出很快会满足不了人们的胃口，认为现在是向普通读者介绍阿拉伯人、土耳其人、埃及人、日本人、汉人、阿尔巴尼亚人、藏人、马来人以及另一些民族的宝藏的时候了。在其文化永久再评估的梦想中，他很清晰地看到近松门[12]取代莎士比亚，伊本·赫勒敦[13]取代孟德斯鸠，十返舍一九[14]匹敌拉伯雷，王充匹敌霍布斯，以赛亚与以西结[15]击垮西塞罗与德摩斯梯尼[16]，欧洲诗歌（所有民族放在一起）的苍白魅力在盖绥达[17]与柔巴依[18]、中国诗词、和歌与扎扎尔[19]——更不用说还有俳句和班顿[20]的奇珍——无可比拟的光彩面前愈加（如果还有余地）黯淡。

他向参会者（省文化部门慷慨提供的焖鹅肉冻与卡奥尔[21]葡萄酒让他们对博爱理念和长期工程极为欢迎）解释说，这一他心系多年的巨著只有在一系列阶段终结之时方可实现，他将它们的次序严格规定如下：

"第一：在每个参会国，由一个专门致力于此的小组负责，列出一份值得提及的作品清单；

"第二：对于每一个入选的文本，由相关国家撰写词条初稿，印成一册，留出极宽的页边距，以备后期批注、修改；

"第三：将这些册子拿给所有感兴趣的学者与博识之人传阅，认真收集他们的评论；

"第四：终稿撰写中保留所有不会引发争议的内容，争议点提交全体大会讨论，直至形成共同意见；

"第五：以注释°的形式忠实记录不同观点、其他想法与意见。

"这样，我们可以确信，"福楼扎克夸张地总结道（这种夸张与他开场时断断续续的表述形成奇特的对比），"这座丰碑的声誉不会遭受任何贬损，因为它将以典范之姿，巨细靡遗，忠实反映全世界最博学的专家们多样的口味与见解。……诸位（这个词在他嘴里似乎突然有了好几个音节）。"

结尾令人振奋。

大会在热烈氛围中通过了这个项目。

知悉DIACOMALT项目准备向参与者支付的酬劳标准后，大家的热情愈发高涨。

项目很快便募集了数百名合作者，在狂热中启动。然而两年后，由于一些迄今不明的原因（这几个指责那几个能力

° 稍后明确，为方便查阅，注释将置于页脚。

不够，那几个又抱怨这几个求全过甚），事情开始恶化。自然，没有一家同行，没有一家金融集团愿意援助"柔草"，它在19……年冬枯萎、凋零。

几星期后，人们了解到两则有趣的信息：其一，福楼扎克在这个项目上的秘密女顾问（她甚至被认为是项目的真正策动者）抛弃了他；其二，他曾经的膀臂伐尔拜（Valbert），一个只等着这场早就可以预见的失败（他没为推迟这一结果出任何力）的人，忙不迭地接手了项目，但只是其中盈利的部分，学术标准无限下降（酬劳也少了许多）。

深受打击，福楼扎克自觉在这个个人声望似乎与背叛次数成正比、且从未真正谅解他这个外来搅局者的世界里彻底失败了，他认输离开巴黎。几家外省的出版社试图招揽他：马赛、奥伯纳、布尔昂布雷斯[22]都有人邀请他出掌文学部门。"寒鸦"也一心要帮忙，向他提交了一个挂怀已久的计划：编一部广瀚的百科全书（仍旧在他擅长的领域），系统地收录法语中所有可能的文字游戏。只要按照规矩认真编校、搜罗全面，这样一部著作似乎注定能取得商业成功，因为几乎所有耍笔杆子的人都会把它当成圣经。但福楼扎克什么也听不进。他宁可躲回贝里[23]老家，在那里，他在一种几近完全的孤寂中度过了几个月。

我示意西蒙不用再说下去。我知道后续。

"寒鸦"在西蒙讲述时发出几声快乐的尖叫（尤其当他化身福楼扎克，以夸张至丑化的方式再现这位友人——那是我从未见过的粗俗面目——的言语与表情的时候），此时摆出一副教训的口吻："是啊，但要是没有索菲，我不知道……最终是她……总之传闻是这样……反正关于她，人们还说了许多别的事，不一定全对……"

我惊跳起来。很快，透过一些不经意间添加的微小细节，我领悟到他提到的正是同一个索菲：我的索菲，如果能这样说的话。然而此前，我从来没有理由去怀疑她与古斯塔夫有过往来：她和他谁都没有露出一点口风！这真是个奇怪的巧合，我心想，他们不约而同地对这段过去已久，但似乎在福楼扎克人生最低谷起到决定性作用的交往保持了沉默。我试着理解……

两位友人感觉到我突然的不适，他们不知道原因（很少有人知道索菲在我生活中所占的位置）。我不敢同他们讲。有何裨益？他们意识到最好还是离开，并几乎立刻付诸行动，留下我独自面对疑问。

索菲与福楼扎克关系怎样？她在他的破产中扮演了什么

角色？那些我第一次听人提及、似乎于她甚为不利的流言会是什么？有些事我显然不太明白。一个我预感重要的结，但暂时还没有破解之法。

我回到书房。

我又看到那本书，现在应该丝毫不开玩笑地称之为《书》，躺在两个空杯子之间，封面上沾着些许茶迹。得到一点有关这部怪异著作的信息——第一则或者几近第一则——本应使我满足，至少短暂的一刻。全然不是。我忿怒不已。

《书》！选择这样一个书名倒与其余手段颇为匹配！同样以挑战为目的，同样幼稚的挑衅。这一短小精悍的陈述（毕竟只是众多五个字母的单词[24]里的一个）与其真正的无限蕴义之间悬殊的比例关系足以使整个举措名实难副。

但是，我的忿怒停息了。我突然悟觉（我开始习惯）这或许是又一个方略，一个新的意在摆脱我、让我松手的诡计。

尽管如此，我不确定（远不能确定）像这样将要塞建造者的策略应用在书籍上符合规则：一味无度堆砌防御设施也有风险，那就是导致它们贬值、失效。以谜团包裹自己固然无可厚非，但也要知道掌握分寸，过犹不及。

我自忖：虽然作家有权探索所有道途（这往往是以较低成本魇镇其杂耍癖的绝佳托词，也是不声不响宣泄那一点儿疯劲的好机会），甚至有权误入歧途、必要时闯入死胡同，毕竟明智的读者并不因此而有亦步亦趋的义务。

但是，这一考量不足以使我远离此书。恰恰相反：一种我无法掌控的力量继续作用着。

译注

1. Des Esseintes，法国颓废主义作家于斯芒斯小说《逆天》中的主人公。
2. 圣经故事，事见《但以理书》3，13—29。
3. 布哈拉（Boukhara）为乌兹别克斯坦西南部城市，至少自公元前6世纪后半叶起便有犹太人定居于此。1219年，成吉思汗率领的蒙古军队曾占领并摧毁布哈拉。
4. Philippe le Bon（1396—1467），法国瓦卢瓦王朝第三代勃艮第公爵。
5. Cartouche，古埃及文字中的一种底部加有一横的椭圆框，框中是表示一位法老或神祇名字的象形文字。
6. 一译维埃纳，法国东南部小城，位于里昂以南30公里，曾是阿洛布罗基部落的都城。
7. 均为以16—19世纪印刷商、字体发明者名字命名的字体。加拉蒙（Claude Garamond，约1480—1561），法国铸字师、出版商；巴斯克维尔（John Baskerville，1706—1775），英国印刷商；波多尼（Giambattista Bodoni，1740—1813），意大利印刷商。
8. 由法国书商、印刷商、铸字师格朗容（Robert Granjon，约1513—约1590）于1557年首次推出的字体，最初名为"法式字体"，因被主要用于印刷礼仪手册而迅速得名"礼仪体"。
9. Bonaventure Des Périers（约1510—约1543），法国诗人、短篇小说作者、翻译家、出版家。遗作汇集为《新增消遣之作及趣谈》（*Nouvelles récréations et joyeux devis*）于1558年由格朗容出版，使用礼仪体印刷。
10. Marius Michel（1846—1925），法国书籍装帧大师。
11. 法国西南部省份。
12. 近松门左卫门（1653—1725），日本江户时代前期剧作家。
13. Ibn Khaldūn（1332—1406），阿拉伯穆斯林学者、史学家、经济学家。
14. 十返舍一九，日本江户后期作家重田贞一（1765—1831）的笔名。
15. 以赛亚（Isaïe）和以西结（Ézéchiel）均为《圣经·旧约》中的预言家。
16. Démosthène（公元前384—前322），古希腊雄辩家。
17. qacida，前伊斯兰时代阿拉伯诗体。
18. rubayat，一译"鲁拜体"，古代波斯四行诗。
19. zadjal，一种类似于穆瓦舍赫（彩诗）但只使用阿拉伯方言的诗歌形式，流行于穆斯林征服时期的安达卢西亚。
20. pantun，马来民间文学中的四行诗。
21. 法国西南部城市，所产葡萄酒以浓郁著称。
22. 法国东南部城市，位于里昂东北60公里。
23. 法国中部地区古代省份，布尔日为其首府。
24. 法语"书"为livre，五个字母。

第四乐章

构思清楚之言何能略无悲歌,
用于讲述之辞怀抱深悲巨痛。

布瓦丹[1]

一些乔装的谎言如此恰切地呈现了真实,不上它们的当反倒有失判断。

拉罗什富科[2]

译注

1. Boitaine，将法国诗人、古典主义文学理论家布瓦洛（Boileau）和寓言作家拉封丹（La Fontaine）的姓各取一半杜撰出的作者。所引亚历山大体诗句基本也是杂糅他们的名句而成。布瓦洛曾有名言：构思清楚之言必能清晰表达，用于讲述之辞轻松流泻笔下。拉封丹《年轻的寡妇》：痛失丈夫之人何能略无悲歌。波德莱尔《恶之花》"您曾嫉妒过"篇则有：死者，可怜的死者怀抱深悲巨痛。
2. La Rochefoucauld（1613—1680），法国作家，著有《箴言录》。

11

我现在厌乏了在页面之间来来回回跳山羊,照这样下去,这本小册子在我手里估计会变得像一些墓穴上总是打开在同一页的书形墓碑那样沉重。

因此我准备向前看。

迄今,作者一直得意地把我控制在不满之中,倒是有效地练就了我的一种反应:事实上,每一个新的障碍都让我更迫切地想要寻一了断。疑问、忿怒之后是不耐烦。我涉渡已毕[1],没工夫继续闲步,更不必说嬉笑。

这一次,我不会停下来。无论发生什么。即使必须为此急速掠过那些让我反感,或者以这样或那样的方式再次阻碍我阅读的段落。总之,我已经准备妥帖,再看到任何滑头之举连眉头都不会皱一下。

我尝试一口气读毕此书，决意榨出其全部精华，直至最后一滴。喉咙发紧，舌头干涩（几乎机械地咽下的几杯茶全不管用），我像抱救生圈一般牢牢攥住我的全新决定。

这一决定并非无用：伪设门径不怕多的作者继续以他的方式给我下了几个套，我又承受了一系列攻击。通过内容，通过风格，或通过笔调来看，每一个新的页面（直到第七页，且含第七页）似乎都被设计为战役的一个阶段，对抗的一步；仿佛在切入正题之前，作者务要极尽悖论与暧昧之能，试遍所有可能的挑弄、迷惑读者的手段，让最为坚定的读者也知难而退。

不过幸运得很，潘多拉的盒子迅速便倒空了。我很快发现这位作者在这一点上与在其他诸多方面一样灵感有限：在第七次尝试之后，他放弃了。估计他那变态的想象力已经耗尽全部储备；要不然便是他幡然醒悟，他的策略再延续下去，不啻一场非典型自杀。

因此，总体来说，这场考验对我没有起初担忧的那么艰难。我不必为沿着作者一心想让我远离的这些书页冒险一游而感到后悔。我甚至又有了一点过去，当我在屋顶玩高空平衡，在屋顶间（以一种不常见于我的莽撞）蹿蹦跳跃时感到的那种轻微眩晕，那时我依次游遍街区里白色的露台，露台上长长的晾衣绳绷得仿佛钢丝一般,挂着成排才洗净的衣裳与床单。

自然,这不是一部那种厚实、丰富、充盈着智慧,浓缩了一个社会一切现实、一个时代一切知识,每一代人都能继续为其添砖加瓦的作品。不过我在里头并未看到出格、忿怒、尖刻(或许只在快要结尾时,多处表述老去的遗憾、不得理解的苦涩的片段,以我的标准,稍稍流于廉价的嘲笑与讽刺)。总之,没有任何我预先想象的过激表现。

我的发现属于另一种性质。

起初,我感觉以书的标准衡量,它只能算是一种简单的堆砌,一沓近乎各自独立的页面,笼统地分编为几大块(甚至不是真正的章节),以数字编号。每一页仿佛一张人脸,呈显出独特的面貌,其构成特征开始并不明晰,随着词句的展开而渐趋生动、细腻、成型。不过所有页面有一个共同点:都给人以匆忙、有时甚至是急促的印象。读者少不得会被那似乎系统、无度的省略所震惊。

我憧憬着绵长、稠厚,大起大落、一气呵成的大块文章,却不断遭遇破碎的页面,每一页的内容最多不超过几小节,两三句话,甚至一行省略号——仿佛一曲副歌,隔一阵便重复出现。那些最简洁的文学形式利于直截扼要的表达,明显成为偏爱的对象，使用频率远远是最高的。显然是在兴奋中被突然的紧迫感驱使而写下的箴言保有急就导致的晦涩，形态极为原始。它们的论证被简化为几个跳跃的语词：只有开头，默认结论不道自明。事实上全书并未真正展开或完整清晰地论述任何东西。

自然，对于这种惜字如金的偏好以及对于简洁（要不然便是措辞过于含混，我无法领悟）的坚持，作者没有一刻觉得有解释的必要。是因为某种先天不足所以没法写得更长？是否应该像对于其他著名的短文作者那样，将此归咎于他的精神状态，并根据箴言长度来衡量他的精神健康？甚是不敬的假设，但开头几页的缺点叫人无法完全排除这种可能。是的，他的书与我童年时那些朴实的小河太像了。盛夏来临之前，一到星期日，我们全家便挤上老旧的黑色雪佛兰汽车，去那些小河边野餐：望着从河源蜿蜒而来的涓涓细流，很快便能明白它们不太可能将河床扩展为宽阔的河口，奢望某日与大海成其婚配。

但导致他这一选择的也可能是别的，不那么使人不快的动机。譬如说长期教育之下一个深虑熟思的决定？他对粗制滥造的长篇大论心怀惕慎（我没有丝毫证据，但我揣测他大概在先前的作品中做过这样的事），所以克制住自己，在他眼里，简洁与浓缩是抵御庸俗风险的可靠解药。

但又或许他的决定只是偶然，不过是一次令人衔恩的因缘巧合而已。譬如旅居巴黎的一日，浏览着左岸某个画廊几乎空无一人的展厅（如往常一样，心内纠结，既想一步一停深入感受闪过眼前的作品，又想速速向前获取更多发现），他突然醒悟，有些书仿佛风景画：它们不以繁琐彰显力量；初看有如草图般的寥寥几笔有时便足以绘出所要绘制的景象。于是他暗中生出一个梦想：向这些大师看齐，他们能把汪洋般的技艺融入一段比彗星更耀眼的麦秆，或是一块松动路砖柔和反射着路灯光线的淋湿的砖腹。

这些书页的另一个明显特征（发现这一点根本无需读到最后）是它们的散乱、跳跃，坦白地说毫无章法。我当时立刻冒出一个判断：既然作者意图一蹴而就，把牵系于心的话（且以各种可能的形式）一举说尽，那么这只可能是一部少作……

事实上，我越读便越是感觉跌入了一锅真正的大杂烩。五花八门的材料交杂在一起：有诗歌片段（不是很多，才"比奥龙特多两三首十四行诗"[2]，对最落伍的象征主义陈词滥调尤其热衷），但主要是散文：虚构与忏悔，内心独白与疾声叱喝，梦境记录与学术意见，箴言警句与道德探讨，自明之理与矛盾悖论。显然，作者一心罗列多层经验、多层思考。却把在其中搭建桥梁的活抛给了读者。仿佛从这团乱麻之中，从这些层面之间的张力中，会冒出某种作者尝试捕捉的东西，某种他舍此无法逼使其现形的东西。

而除却内容的多样性，亦有笔调、语级，甚至是语法性别的多样性（整体上肯定是男性口吻，但某些段落只可能来自女性）。作者显然不甚在意可能造成的反差，甚至是最明显的扞格。用于打动人心的言语（要抵御评论家的蔑视，它们不过是一面脆弱的屏障，但对我似乎立刻便起了作用，以往我只知道我早年的那些魔法咒语如此高效）与另一些组合起来给读者迎头一击的言语，更不用说还有估计为逗乐读者而构思出来的言语（可惜太少），全都混在一起。我不禁想到，如果所有这些片段着实出自一人之手，那它们至少展现出作者极度宽广的音域，以及其无可争辩的跨越文类、风格、语言层次的写作能力：这与我关于作者年龄的第一个诊断完全对不上，不过我对这本书的解读也不在乎这一个错了……

曾经有一阵，这种什锦会让我怒不可遏。我不太喜欢形式的这种爆发，打乱所有边界，让如此多的江湖骗子得以通过因此而打开的缺口涌入文学的藩篱，播种无序。我会低声抱怨，如是回归巴别的混乱[3]有何意义？

但多年过去，我在这一点上的态度渐趋温和。这次也一样，一些旧日记忆的回归起到了抚慰作用。幼年起，《雅歌》便是我最喜爱的文本之一：每周吟唱《雅歌》是父亲的一个习惯。我虔诚聆听他的吟唱，因而至今，一如某些人们从不会真正忘却曲调与歌词的陈年旧曲，仍会不时从我嘴里突然冒出几段，哼起来有滋有味：

> 我妹子，我新妇，乃是关锁的园，禁闭的井，封闭的泉源。（……）
> 我寻找他，竟寻不见；我呼叫他，他却不回答……

而有一日重读全篇，我惊奇地发现，我竟无法确定它属于哪一文学种类。历险故事？戏剧？圣歌？情诗？我读到了所有这一切，以及从前无感的诸多别的事物，它们现在反而让我对这一文本更感兴趣了。

所以我准备接受到处都已大张旗鼓宣布过的一切文学形式的破产，甚至承认体裁混糅也有一定的魅力，只要混得谐调。但这里还是有个无法忽视的障碍：与我挚爱的《雅歌》相反，这部古怪作品的各个片段似乎的确只构成了一盘极无章法的散沙。到处无非不相调和、支离破碎、芜杂散乱。且举目皆是。

那些"思想"（还能赋予此类陈述其他名字吗？）和任何可稽的教理大全都没有关系。它们甚至还分属至少两个不同的组别。

一组可能会以被视为某种湮没于历史的古代智慧奇迹般留存的孑遗为荣，它们以晦涩的宣言模仿其特征：

> 死亡，记忆的终结
> 强：日本武士中的波西米亚之子[4]
> 在知识的海洋中发现一涓水流
> 死亡，咬它[5]
> 仅有居住地：缺席
> 饥饿不装[6]
> 死亡的阴影，白。

另一组大部分源自对某些平常话语的改造（因为作者热衷于格言，凡是差不多他便接受）：

> 读书丰富者所获教益亦多[7]
> 星期五欢阅，星期日悲哭[8]

偷鸡蛋的人活着不单靠食物[9]

从这迈出四步是最美丽的歌[10]

啊，你这愚人以为更蠢的欣赏他[11]。

更糟糕的是，所有与写作相关的内容（因为对于这一主题，这个可怜人也大着胆子提出了若干思考！）似乎混合了多种相悖的理论，不加分辨地采自战后各路先锋派杂志，它们惟一的共同点是久已无人问津（可能在奥伯纳的文学圈不然）。

至于"故事"，它们才一开头，即匆匆结束。有时缩为一行，依稀可见的波谲既无下文也无解释：

当那喀索斯在行人眼中寻找自己的映影

失眠，整夜梦见还能眠息的时候

燕窝商人，伪劣作坊

急迫地参与竞赛，驻扎在起跑线上。

最后，即使是"私密笔记"，既不按时间顺序，亦不讲逻辑，也构不成日记或者忏悔录的雏形。

不过有两小组页面打破了上述规律。像是被存心插在作品中心位置，它们是仅有的两组似乎体现出统一考量的页面。

第一组是一系列采用"……这是偶然吗？"这一相同句式的疑问句。其中一些在我看来相当出乎意料，足以在我的忆想中留痕：

自我（moi）隐藏在记忆（mémoire）的中心，这是偶然吗？

要最终苏醒（réveil），便须穿越整个梦（rêve）域，这是偶然吗？

在魔鬼（démon）那里能找到创造世界（monde）所需的一切，这是偶然吗？

做梦（rêve）是不可逆（irréversible）的核心，这是偶然吗？

第二组出现在几页之后：一长串的命题，在结构上反复使用同一模式，比前一组只稍稍复杂一点（由三部分构成）。作者似乎寻找到一种合适的方法，通过连续的笔触，突出一些具有个人色彩的特征，绘出自己的某种分解图。我不禁被其中一些语句所震撼：

——或许您是那种以完全透明为豪的人。我不是。一个人的真相除了在其幽暗处还能在哪里？

——或许您是那种喜欢高山的人。我不是。峰峦让我烦乱，我的眼睛只因崩塌的碎石而迷醉。

——或许您是那种受到命运高声召唤的人。我不是。它有什么好对我说的？

——或许您是那种着手讲述自己童年的人。我不是。我的童年讲述我。

——或许您是那种急于抵至目标的人。我不是。我喜爱闲逛必然赋予的学习机遇：学童之路对我而言名副其实[12]。

这样的条目,我估摸着,有两打到三打,它们比起经典的逸闻集或德行录,肯定更能提供人物的有关信息,同时无疑还奉上了一部隐形自传的萌芽。仿佛这位奇特的作者想要表明自己排除了(而且是带着怎样的不屑)那种重新完整体验经写作改造且美化的人生的机会。

因而我能找到的只有一点踪痕。一段看来即使以最约略的方式也很难重构其各阶段的历程的踪痕。

在这样的情况下,很难不去思考这些片段的由来、性质,以及把它们集合一处的缘由。

一日(或许某次搬迁的前一日,或者后一日),彻底整理居所,在一堆忽视已久的纸夹中,他不无怜念地发现了几打旧日文字:酒后欣快(它让人感觉俗透的悖论精彩绝伦,最低级的谐音游戏承载着厚重蕴义)中随意写下的杂思,失禁记忆中突然涌出的儿时忆想(估计是对他特别珍贵的回忆,因为我发现,他一有机会便提到它们,有时甚至毫无理由),失眠中构想、拂晓时匆忙记下的小说情节。杂七杂八(一些片段无疑写于青春期),它们极有可能一直闲置下去,除非用到一部"作品"里。哪怕这部"作品"在这种情况下，很大程度上只会停留于想象——可以说是某种骗人的仿真画——也没有关系，因为它本就只有百宝箱这一个角色。

既不甘心彻底芟除他明知基本枯死的枝蔓，也不试图尽力起死回生，他只将它们摆放在一起，或者更确切地说凌空一洒，把他流产的项目、未完成的文学实验的废料如散货一般交给我们，不做丝毫整理。但或许这项令人提不起什么兴致的拾废品的活儿最终落到了当地某个倾慕者、童年友人、同事或者门徒的身上，他想以此表达对这位被埋没的同胞的身后认可。我不知道该如何称呼这种原样公开的做法：破除幻想的总结，还是虔诚的抢救尝试。

万一这些页面上的内容是发表过的呢？当然，从头至尾我没看出一点这方面的朕迹，但我对这家伙已经有了充分了解，不会再中他的计：无一字涉及这些文字的缘起，这不是什么好事，心机的味道太明显了！反正没有什么可以制止我提出新的假设。或许这些页面源自他先前曾在某（几）家声名不显、迅速消失的出版社出版，随后被遗忘的作品？对它们有朝一日完整重版不再抱有希望，他可能试图拯救一些片段，一些零屑，一些在他眼中最值得拥有一小段额外生涯的内容。总之，一本小型个人文选，一面反映那段依旧充满自信的岁月的令人安心的镜子（镜子一般都不怎么令人安心）。要是这样的话，那我挺想知道引导他做出如是抉择的标准。因为我完全有理由担心一个像这样在无人见证的情形之下，肆无忌惮地使用记忆与遗忘这两样可怕的武器，为自己过往作品进行尸体防腐的人的公正性！这是因为（我已经多次注意到这一点，起初甚至还有些意外）作者对于本人作品而言不一定是最好的评判者，也不一定是最稳妥的向导。所以在我眼里，关于这位作者的一切都需要细细鉴别，层层拷问：这些片段是否直接体现了他的思想？自始至终表达的是同一思想吗？如何评判一个片段的恰切性，如果不知道摘取之前，它在原本所属的作品中被赋予的角色？他是否有意设置了多重视角与观点？即便编选这个册子的是作者以外的人，一样的问题显然也成立。这些问题让我无从解答。

只是这种散乱让我痴迷不止。怎么解释？

彻头彻尾的无能？不大可能。我自忖，诚然，人们并不总写出自己想写的书，甚至自己以为在写的书；但走样到如此地步……我不禁自问我读的这些是否真的是文学，在写作者心目中，他写下的这些是否属于文学的范畴。

那挑弄、打击读者的癖好呢，不是被奉为惟一的灵感之源吗？的确，您热衷于挑衅，这使您有时极度偏远离了您的自然天性。但因此不惜把自己糟蹋到如此不堪？我不能相信。

以至于好几次，我忍不住越过依然拦在我与此书之间的障碍（我承认，越来越清晰），直接介入文本。

一切都促使我这样做。

一种职业旧疾，承袭于与一种特殊文学（既无轻蔑亦无嘲笑，我将那一小部分作者称为"修辞课作家"）的过度接触（说实话几近排他），促使我要求所有文字都必须表达清楚、整体和谐。这导致面对眼下这些杂沓无序的书页，我的反应如同哲学家面对自然现象时的惯常所为：尝试重组基本元素，剖析分布原则，期待超越差异，寻到一个筑建在预料性、规律性、对称性——即使它们是（正如有时会发生的那样）巧妙地伪装出来或根本就是假的也无妨——基础之上、多少还算严密的系统。

因此，我想做的不是在这片混沌中理出秩序（这需要一个与我素质迥异的英雄才能办到），而是对其进行必须的修改。目的倒不在于完善、提高，而是了结一项不知何故被弃置的工作。所以，在这件事上，科雷吉欧[13]在拉斐尔的《圣塞西莉亚》前反复念叨的话（"我也是个画家"）当不了我的座右铭。因为至少前者（我意指科雷吉欧）承认其前辈的画家身份。但这全然不是我面对我这位誊写员的心态！事实上，我本能地意识到，只有完成这本书，我才能从中释解出来。

我在此遵从的很可能是我的一种反射：无论呈递与我阅读的是怎样一个页面，我首先看到的只会是一篇尚未写出的文本（它当然会由我来写定……有朝一日）的临时版，总有可改之处。因而我对某些不惮于亲自操觚的勇者一直暗怀好感，譬如全面重写《堂吉诃德》的皮埃尔·梅纳尔[14]，或者将《海滨墓园》翻译为"法语诗"（千真万确）的戈德肖上校[15]；但是，在他们光荣的行列中，我最为欣赏的肯定是让-保尔一部短篇小说的主人公，他所在的遥远乡村无法买到报纸上谈及的新书，他索性自己把它们写出来……

当我亦勇敢地拿起空白的纸页与笔记本准备动笔之时（现在不再是抄写，而是要撰写），我不由自忖，或许这便是这堆恣意横陈的胡话暗藏的目的：向我表明，他方求索不如求诸己力；迫使我拿起笔来接过接力棒；总之，把我从一味消费的读者的舒适区中赶出。

我毫无困难地在文本中觅到了可供积极回应这个新疑问的内容。一则奇特的轶闻钩引住我的目光。篇幅不到四行：

"埃德蒙·阿布[16]愤于巴尔扎克愚拙的笔法,着手以自己的方式重写一卷《人间喜剧》。他选择了《贝姨》。这促生了难以忘却的《日耳曼妮》。"这意思在我看来一清二楚。很简单,作者由经这种方式表明他准备将此书交到我手。将其作者职责的核心部分——省去一切礼数——转加于我。他没想捉弄我,而是希望我成为他的合作者。而且翻过页来,这层暗示几近明言:"在这一刻,读者,我信你胜于信自己。"因此——两相联系,绝无差错——他本人无法圆满完成(出于一些仍待发现,但我已隐约察觉的缘由)的这本书,现在要由我来挑起担子。

一副重担,说实在的。我感觉自己像一个进了剧院的观众,本来无忧无虑来看戏,看到一半却突然被唤上台去调整布景,给演员新的指令,修改对白内容,甚至剧本结构。

不过,谁知道呢,或许我到此终于找到了,那个促使我的作者以如许手段包裹自己的真正缘由?是的,现在他的措略解释起来就顺畅多了。在他最初的警告中,没有任何悖论、任何挑衅,恰恰相反,那是对他即将让我扮演的角色的恰当评估。因此我必须,至少通过我的坚韧证明,我符合要求。因为作者知道这本书会迎来两类读者,知音者,显然是那些能够奉献自我、亲身介入的人。

我觉得我方才前进了一大步。

但是，我的新工作极有可能甚为漫长：如此多的桥梁需要修建，如此多的深渊需要弥填！谁知道我要将这本书携引至怎样的维度才能克服它的碎片化与分散化？

这样的任务不可能说干就干，不做丝毫预先准备。我必须让自己进入状态。我便先回到浴室，关起门来长久沐浴了一番。顺便从头至脚换了身衣服。因为，虽然及不上布封那样讲究，在拾笔写作之前必得全副正装、戴上花袖口，但我相信，身着洁净与清爽的衬衣，我的思路会更为清晰。

一个小时之后，我的重写工作，暂时只限于几行精心选择的字句（都提到了幼年生活），似乎结出了最初的果实。离作者近了。他与我，我们开始步调一致。还不止，我已达到再也不知他的文字何所终、我的文字何所起的程度。

我尝试重读我方才写下的文字。颇费艰辛。完全像是这些语词，因为出自我手，而无法拥有能让我觉得清晰可辨的最起码的客观存在。我只得再一次借助诵读，以见证我自己的语词成形、迈向自主。

我的热情随后很快遭遇了难以逾越的障碍。如何靠着这些为数不多的片段重建一本和谐统一的真正的书？那还不如到西奈山山麓去找摩西在忿怒中砸碎的石板的碎片呢！

执拗毫无意义，必须承认失败，懂得及时抽身。因为我面对的既不是一个拼图，只需将拼图板首尾接连即可达至目标，也不是一幅古代镶嵌画，一场九月的豪雨有时便足以（罕有的佳运）洗去覆盖其上的干硬泥浆，而是一个复杂度远远超出的对象：一个真正的考古挖掘现场，一段久已终结的历史的不同时刻，以及一场当前研究的诸多阶段，杂然并列。

作者如此彰显其不遵程式的用心，毫不在乎地混淆阳性与阴性，甚至不放过偶尔自挖墙脚的机会，旨在表明他不是那种寻找确定的形式、小心翼翼将自己封闭其中的人。为什么要用尽气力给人一种理性构建的错觉？没有辛辛苦苦的粉饰，没有其他人喜欢塞满作品的人为制造的连续性。秩序不属于那些后天可以强加给事物的成分。作者用自己的方式表达了这一点，在他充盈着大量箴言的书页之一里："往往一场美丽的灾难是秩序的后果"[17]。相反。重拾往昔的做法，估计是受了某几个巴洛克榜样的启发（或者至少从中找到了依据），作者似乎特别注重不断转移他的书的重心。我寻思在这一切的背后是否单纯地（且相当天真地）有一种为混沌写照、用文字摹拟世界之无序的欲望。

其他观察立即证实了这一点。譬如，真正的人物几乎完全缺席。仿佛作者一心略去这些其实极为好用的中介，甚至在明显虚构的片段中，他也仅只是引入了几个可以互换的傀儡：每一个，一如一开头那个想与我玩捉迷藏的人物，似乎只是包蕴他们所有人的惟一一人（此人未出现）的一个时刻，一个层面。

如是，他的纠缠造成了一种奇特的后果。显然，我不是第一个感到这一纠缠的人。之前的一名读者，远不像我那么尊重印刷页面的贞洁（从母亲在我约莫五岁时买给我第一本"阅读课本"起——我坚持尽可能长时间地保持其完美无疵的外观，甚至禁止任何人触碰它——笔尖在书上留下的哪怕一丁点痕迹在我看来都是不折不扣的奸污），毫不在乎地用极似怒吼的划线、感叹号在好些地方（大致也是我会选择的地方，如果我放任自己犯下如此罪行）玷污了书册。与我一样，他因不断失去线索、完全摸不透作者意图而恼火不已。一切都被他浓缩在潦草批注于最后一页的惟一一个词里，是为定谳："不可救药"。

必须诚实接受事物赤裸的样子。这本书仿佛一颗流星，似乎要不断逃离我的视线。没辙。说到底，作为物质实体的这本小册子，无论如何都不可能转化为一本书通常在人们愉快的阅读过程中逐渐变为的那种难以触知的精神现实。

这即是作者认为此书不可付与所有掌握的原因！这堆可怜兮兮的纸页或将一早遭人抛弃……化为尘埃，一如那些才与空气接触便碎为齑粉的木乃伊。在严格说来无书之处，要如许读者何为？

自觉满意，我准备就此打住，忽又新生一念。作品的和谐统一，这一在我们这位异议作者眼里过于趋俗而令他不满的约束，之所以遭摒弃，或许只是为了让位于另一种形式更为隐蔽的一致性？一根筋似的寻找一致性的外在标记，我或许正在重复前一日对同一本书的第一页发起徒然战斗时的那种差失？此处也一样，表面的随意完全有可能隐藏着某种严格但性质有所不同的决定逻辑。

恰好，在我皮骨全吞的阅读过程中，我自信发现了某些主题（与所有人一样，作者自觉可以东一笔西一笔地在秩序与混沌、事物的意义与无意义话题上弹几句老调）、某些母题（某处是一个试图刺破的秘密，稍远是对某件遭窃之物的寻觅，另一处又冷不丁寻到久未有人提及的某一事件的踪痕），甚至某些比喻（掀起或者扯破的面纱，破衣衫，到处是洞的袍子或帽子）的存在（固然隐蔽，但是，是一种相当显眼的隐蔽，且在有些地方，几近炫耀，哪怕表面装作躲在谦卑的括号里），它们反复出现，虽然一开始让我觉得毫无规律，但恐怕并不单单是偶然为之。这样来看，书中多变的角度，不断迅速出现的短小的新片段，这些特征便很容易解释了：它们的任务（用意极为体贴）或许是使一条"信息"的根本一致性不那么沉重，更易消化。真正的读者难道不是那个可以构建某一处所，令散乱焕发意义的人吗？

显然，现在我必须证实这个假设。这事可真烦人啊，逼着我大开倒车。

当然，我觉识到，这样做，我又一次跌入了作者一开始便威胁我的陷阱之一。因为我现在更能体会作者在开场时的焦虑，可以想象这种焦虑导致的狡黠策略。他按字面意义严格遵行一句他自己至少引用两次的古老格言（"惟那些人们可以重新阅读的书值得拥有此名"），希望制成一个文学作品，俾使读者在第一次阅读时晕头转向，除了立即开始第二次（甚至还有之后许多次，有何不可？）阅读别无选择。为了做到这一点，他原本肯定希望将一篇朴素而炽热的文字交到我手上，此类文字不以能向心急的访客灌输多少幻觉取胜，相反，只会四平八稳地慢慢呈显出力量。但是，他无法冒独立完成（这种态度需要他有一定自信，他尚不拥有，或者，他拥有了，不敢承认）的风险，他宁可使计，如同谦卑的人为了实现自以为是的目的寻常做的那样。

他的策略的要点（我现在看得更清楚了），是他成功在我思想中播种下的这种关于我阅读内容的性质的始终如一的质疑：被迫漫游在这片布满惊人数量空白、破絮般的文本间，我面对的是一个执拗地不愿被充盈的空无。

因此，作者知道他在做什么：他一心把他的作品化为单纯的反光，只赋予其一种不确定的、断续的、十分成问题的存在。仿佛他的重点在别处：他由此为自己营造的前行且迫使我与他并踵而前的可能性，直至一个极点，一旦超越无论是他还是我都不可能再与对方决裂的极点。

确实，这段密布考验、绝境、希望、成绩以及疑虑的艰苦历程，已不容我漠视这位对手的命途。

译注
1. 巴斯克地区谚语：涉渡之人才知河有多深。
2. 引自法国戏剧家、评论家贝克（Henry Becque, 1837—1899）对古巴裔法国诗人埃雷迪亚（José-Maria Heredia, 1842—1905）的讽刺。奥龙特是莫里哀《恨世者》中人物，花了很大的劲才写出一首十四行诗。
3. 《圣经·创世记》11：所以那城名叫"巴别"（就是"变乱"的意思）。
4. "强"原文为fort，亦为法国姓氏。法国象征主义诗人、剧作家福尔（Paul Fort, 1872—1960）著有《爱，波西米亚之子》（*L'Amour, enfant de Bohême*）一书，而法语samouraïs（日本武士）"中"含有amour（爱）。
5. 原文为La mort, mords-la，发音正好前后音节颠倒。
6. 法语faim（饥饿）与动词变位形式feint（装）发音相近。
7. 原为拉封丹寓言《燕子与小鸟》中一句：见识丰富者所获教益亦多。
8. 原为法国剧作家拉辛喜剧《争讼者》第一幕第一场第二句：星期五欢悦，星期日悲哭，是"人有悲欢离合"的意思。
9. 法国谚语"偷鸡蛋的人总有一天会偷牛"与《马太福音》"人活着不单靠食物"杂糅而得。
10. 法国剧作家高乃依《熙德》第二幕第二场"从这迈出四步我就叫你知道"与法国诗人缪塞《五月之夜》"最绝望的歌是最美丽的歌"杂糅而得。
11. 雨果《静观集》序言中"啊，你这愚人以为我不是你"与法国谚语"蠢货总能找到更蠢的欣赏他"杂糅而得。
12. 法语le chemin des écoliers（学童之路）实际指的是为闲逛而故意绕行的最远的道路。
13. Le Corrège（约1489—1534），意大利画家，比拉斐尔小六岁。
14. 阿根廷作家博尔赫斯在短篇小说《〈吉诃德〉的作者皮埃尔·梅纳尔》中想象出来的作家。
15. Simon Godchot（1858—1940），曾为法国陆军中校，文人。《海滨墓园》为法国诗人瓦莱里的名诗，共二十四节，每节六行，每行十音节。
16. Edmond About（1828—1885），法国作家、记者、艺术评论家。下文《日耳曼妮》是其出版于1857年的作品。
17. 改造自布瓦洛《诗的艺术》中的名言：一场美丽的无序是艺术的后果。

12

Quid prodest brevitas si liber est.

马提亚尔[1]

现在我希望转向他。一如在我少年时代如饥似渴地阅读的那些文学评论著作中那样（这些书现在不易寻到了，即使在旧书店里，因为它们也最终迎合了时代的品味），通过刺透作者之谜，解开作品之谜。

他可以自夸在一句不提自己的同时，传出了一些信息，到处设下了暗示：他不放过任何机会、任何素材。但是，他能做到以一种几近机械的规律性，一个大转身，把他乐意像这样提供的每一个元素做成疑问的诱饵，因为他显然悟到，只要有一瞬放弃保护其匿名癖的这些花招，他便会在同一时刻落入与自卸衣袍的挪亚[2]一般的窘境。

既然如此，我是否还要只为（很自私，我承认）满足自己的好奇心而尾随他，投身一场漫长的追逐呢？我通常不大喜欢某些迟来的判官并无他人授权，自说自话借真理之名插手的这类调查，揭露伟人的阴私，加以嘲弃。他们在强有力的证据的支撑下，打掉某人成功包裹自己一生的荣耀或神秘光环，将他的形象黜贬至无以复加的庸俗境地，这能算是有益的工作吗？我不这样认为。但是，在当前情况下，我并不觉得自己的做法不得体或有恶意：我又不像那些人一样，攻击、毁坏他人的荣誉；相反，我试着还一个不幸的陌生人以公道。

他想表现得没有身份、没有过去、没有人际关系，把自己的形象变得比社会新闻里被披露身份、年龄、职业，基本得到完整描述的人物还要单薄，我现在恰恰要借助发掘出的材料，打造他的面目。我确信，即使罗列各种未必贴切的元素不足以生成作者的逼真肖像，他也不会因我的努力怨恨我。我建起的宇厦由我一人负责。

我颇能想象他半是梦想家，半是雄辩家，楔卡在倾诉和守密的矛盾要求之间（这一点从他这本书的第一页起即明了不过）。很早便与寻常生活拉开足够距离，从而敢于，至少在内心，以"创造者"（这个词只要与他的名字并置，便如一种颂扬，令其心满意足）自居，他先是潜入诗人的皮囊。但绝不是为后现代杂志提笔的诗人，他厌弃他们，这些组合罕见词和出奇图景的梦游者。不是的。他既不是通灵人，亦不是流氓（奥伯纳自然不是夏尔维尔[3]）。而是一个古代诗人。一个吟游诗人。若不是还有一点对讥讽难以克制的恐惧，他甚至少不了还会诗琴在手，长发披肩，立身云端……

但是，仙女并不曾俯身于他的摇篮之上。没有一位守护女神想到在恰切时机给予他这场战斗的武器。他身上的某些东西拒绝苏醒，而时光很快对他不再客气。既然他未曾丝毫扎根于实地，结果一日，不知怎么，且在他最无防备之时（他甚至来不及稍稍自我安慰说自己未做任何妥协便迈入了成熟），大腹便便的四十岁便赶上了他。他从云头跌落（跌得有些重），但怀旧更甚于展望，他首先陷入一种隐隐的忧伤（"您以为我的日子这样好过！啊，我可真是太难了！"），希望将自己的苦痛变为德行，将自己受害者的面容变成坚盾。接着，没怎么想好从此往后是该把文字用作消遣的手段（他之前一直这样做）还是报复的工具（但是，报复谁，报复什么？），他只寻到一个办法：只写刺人的文字，狂暴地暗示他最渴望隐藏的东西（"我并无羞耻地耽滞于焦虑，以期从中解脱"）。仿佛他一心要让萦绕他的几个象征性形象全部、同时上身：下掷最后一个筹码的赌徒，沉至水底的泳者，牢牢抱住解体船只最后碎片不放的遇难海员。他却没有想过，如此借力自己的缺陷，而不是竭力弥补，他有可能将一个笃定青年的疏失转化为无法挽回的过失，彻底沉沦。

但是，他亦有（我们已注意到他不惮于自相矛盾）那些过分相信散淡的益处、长期自律缄默之人的怪癖：对于他们，每个语词最终都会具有特别的、过度的、令人忧心的分量；当他们偶然屈尊重拾语言（"写作：兹事体大，未可一任作家为之"），他们倾向于不合时宜地将自己当成预言家。他便有这种让某些人自以为承载着全新真理的幻觉。对于这类人物，我通常有所提防，但也会忍不住听上一耳朵他们的布道。

某些句子让我颇为震惊，它们虽然被披上客观的外衣（"我总会为自以为记录了一条真理，实则不过写下一声叹息而颤抖"），但在行家耳朵里（每一页都让我的耳朵更为精进）有种心里话的味道："只存在遗作，作者乐于展现的所有东西从来不过是生前赠予"。

总之，他写作不为传播任何事业，只是尝试不断地反省自己，必要的时候，反省思考本身（此道或许与极为遥远的回忆有关），把主要的讥讽留给他那些极少迸发的灵感——当它们终于突破他所强加的审查的时候。没能一块石头一块石头地垒出一座轩朗、宏伟的宇厦，调入无数错综的母题（它们交缠得如此紧密，若要条分缕析势必危及全书经纬），敞露他锐利的眼光和忠实还原五花八门之生活的能力，他在自己构建的狭窄囚室里转圈，仅仅靠了镶满狱壁的碎镜才忘却空间之局促。

我暗自思索，他为什么未能更好地被同辈接受，为什么未能更紧密地融入他这个（说到底也是我们的）对此类举措实际甚是欢迎的时代的景观，为什么无人问津的时间似乎比他的一生还要漫长：他的话语与他的潜在受众是有多么不投缘才形成了这一鸿沟？

一件事情似乎很清楚：他的志向，一如隐约可察的那般，不在于扩充那些现身、立名、发达之人的行列。他的周围，估计许多人都看不惯——完全正当——他的某些态度：那种导致他佯装将一切意义的探寻放入括号置搁一边（"意义隐匿何处？除了我的问题的虚弱回声，没有其他答复"）只关心形式问题的清教主义；那种无视所有同时代的人，直接喊话被认为拥有（通过怎样玄秘的禀赋？）更强鉴别力的未来世代的狂妄；尤其是，那种几近强迫症似的用心，即以一切可能的、包括最罕用的、哪怕最不光彩的手段（例如，利用他那些成串的句子时时迟滞文本的推进，这些句子就连每一个词缀都充满了暗示，看似一本正经要阐明某个重要问题，实际上却在不断回避问题，结果只是通过如无形接力般巧妙部署、配合的接连不断的余音，逐渐放大虚无而已），强迫不幸的读者怎么也要在表面看来缺乏内容的作品中找出些其他东西。如此种种拖累，使得他既没能过文学评论的关，也没能过读者的关。因此他一直处于边缘地带：在某个极度接近但永不可及的异境的门槛上。

如是凹现出一个以令人失望为惟一任务（这对他来说似乎是一种要不断开始的努力，一种不断重复的工作）的人物形象。我真的可以怨恨抑或指责他吗？

我曾以为自己猜对了，认为他像有些人憋坏招一样准备了这一作品；现在我清楚地认识到，在所有障眼法后面，他更像一个年迈的目光凝滞的江湖艺人，诚挚地以为在对自己进行一场不可能胜利的战争。

他似乎全然没能预见到，长此以往，他终会被人戳穿。因为我现在非常清楚，他将继续沉湎于这一癖好。一个流浪艺人的把戏，早已露了馅！穿帮到这程度，以至于我又开始疑心其中是否暗藏陷阱。

而突然间我不得不直面一个新的（又一个）事实。我意识到我从一开始即徜徉在完全的幻觉中。我方才肆无忌惮搬用旧时评论（有时仍会被斥为"心理阐释"，一个生造的用语）最恶俗的陈词滥调搭建的一切（那是何等艰辛！）只是风与捕风。

我，依着自己的惯例，又错失了核心要旨。

因为，刚刚，从那些被我用来构拟这幅不怎么光彩的肖像的书页中，我注意到一系列句子，它们让我觉得听上去再熟悉不过。那是当然的！因为它们似乎汲取自我最隐秘的笔记，这些笔记迄今只给索菲看过（但也只是很少几次）。

我揉了揉眼睛。我莫不是又落入那种自童年起便已习惯的幻觉，把我正在经历的事件当成了来自多少有些遥远的过往的回忆？这种幻觉让我上过好多回当，但最近几年好像已经放过我了。

不，绝对错不了。我了解这些句子。我甚至还记得，至少对于它们之中的几句（"视觉是看见不可见事物的艺术，真正的言语能让人听见言外之意"），我是在哪部书里读到，又是何时生出抄录的念头的。要印证这一切，我只需做一件事：把我那些黑色帆布包脊的厚笔记本打开一册。于是猝不及防地，我被突然抛回自己最隐秘的心事中。

这一发现让我一阵恶心：我感觉自己被人抢了。是的，从我一整段一整段的过往与思想中被驱逐。有人——他似乎对我了如指掌——背着我翻出这些私密的碎片，胡乱地缝入一堆我全然无法认同的东西。

怎么做？

我真希望可以撇清关系，大声嚷叫。不，当然不是，我与这些页面毫无关系，我只是偶然经过的路人，一个旁观者，因为好奇心而驻足于此，踏进一场并非为他准备的表演……但是没有声音从我口中发出。我继续阅读，愈加专心。

这一次，眼熟得令人起疑的句子越发多了起来。我确信，这些句子我在别处读到过，一模一样，或者形式上有稍许差别。我甚至可以标出它们的原作者：这句，司汤达，稍远萨克斯与米修[4]，还不算布朗肖、蒙田、夏尔[5]、叔本华与其他一些人。

所以，谁知道整本书（或许除了开头让我久久裹足不前的那几页）不是类似方法的产物？它大概根本不是什么以往思想或经历的小结,只是一份读过的句子的清单?对曾令我这位匿名作者心有戚戚的文字忠实度不一的选编?他一定也品尝过我在少年时代发现(但在今天体验得更频繁)的那种剧烈的幸福感,当突然之间,生活中某一状况,如有意为之一般,以一种令人难以置信的恰切,阐明、证实我曾在某位挚爱的前辈的作品里读到的某个给我留下深刻印象的论述。

而我越是翻看这些页面,越是证实这一印象。我感觉它们似乎径直出自一部真正的文选,或者更确切地说从前用心的塾师喜欢摘编的阅读手册:一座耐心积藏的宝藏,有需要时即可从中搬用。无怪乎在此书中我既未寻到我试图把握的一致性,也未觅到我试图捕捉的作者特征。

这即是我这位来自奥伯纳的作者,又一个自惩者,匿名逃避的缘由!这本书的内容全部引自他人,他不敢,无疑因为尚存的羞耻心,署上自己的名字:这是他在此情况下所能做的最起码的事情。但是,我心说,他为什么不冒他人之名呢?显然,这种龌龊的算计令他却步,这让我对他顿生好感。

急于出版,他并未耐心写作,甚至不认为有尝试写作的必要。他选择了汇编。他无耻地采用了为邮递员舍瓦勒[6]带来荣耀的理念与方法,将日常在文学世界游弋时拾到的零散材料集接起来，最多为它们做一些无关紧要的修润，此外别无建树。

经此还原，他的举措让我若有所思。这一做法固然出格，但细想起来并不乏成功的先例。它不过是在文学作品的一个更高等级上延续了某些诗人的尝试，他们让言语替代他们思考，基于一团团如缤纷彩屑般洒落在苍白纸面上的语词筑建起他们的作品。结果即是我手中的这个骗人玩意：其空洞的文学性如今再也无法阻挡其无可争议的实然存在。

我终于理解了福楼扎克为何会看上这本书，又为何要将其寄与我：因为这位可怜的作者事实上一直是一名读者。从未停止。但是一名极为特殊的读者。好奇，狂热，饕餮无厌。

现在，我燃起一股新的欲望：核验他的收获无愧于他的阅读。我必须立刻重启探索，寻找每一个片段的出处，找到它们真正的作者（或许这才是该书真正的秘密）！

我的欲望因我自觉将要迎接一场完全在我能力范围之内的新挑战而更为炙烈。

译注
1. Marcus Valerius Martialis（约38—约104），罗马诗人。所引拉丁语出自他的一首讽刺诗，意为：您的诗句尽管简要，为何依旧填满一本书？
2.《圣经·创世记》9记载挪亚醉后裸睡，被儿子看到不雅的样子。法语中"挪亚的袍子"被引申为体面地遮羞、避免难堪的方式。
3. 法国北部城市，著名诗人兰波的故乡。
4. Henri Michaux（1899—1984），法国诗人、画家。
5. René Char（1907—1988），法国著名诗人。
6. Ferdinand Cheval（1836—1924），法国乡村邮递员。1879—1912年间，以一人之力，以自然、明信片、画报为灵感，打造出了一座"理想宫殿"。

13

当您读的作品提升您的思想,且唤起高尚勇毅的情感,您不需再用别的标准评判它;此乃佳作,出自能匠之手。

拉布吕耶尔[1]

我正在回溯,听见房门开了。这一日果然注定是不寻常的一日!索菲,微笑着,比以往任何时候更美,手里捧着一束白玫瑰,走进了公寓。

我早就不指望她来了。

她来得太不是时候。前一日,我渴望她的到访(简直是望眼欲穿!),整个白天,外加大半个夜晚。而现在,出人意料，她忽然出现，手捧鲜花，恰在我（也许是我们相爱以来第一次！）需要再独处一会儿的当儿。

因为我感觉与我的对手——一个因难以捉摸而特别难缠的对手——的对峙即将终结。我找到了突破口。再给我几分钟即可。让我擎着探险者的柄杖，进一步深入该书的秘境。搜索其中最隐蔽的角落。逼出它肚子里的货色。最终，释却我心中的疑团……

现在索菲来了，我将被迫停下一切，天知道什么时候才能继续这场探险。而我从前一日起不懈地想要获取的破解谜团的愉悦也将相应地延迟。别了，期待已久的对我辛苦探寻的奖酬！

但问题是，我无法忍受这种不公，那是强我所难。我特别不喜欢旁人剥夺我将事情推进到底的快乐。没有什么比被打断的冲击、比情谊被突然悬置的苦涩更让我无法忍受。我曾甚是频繁地遭遇这种苦痛，主要在旅行时，以至于对此憎恨至极。当索菲走近之时，几段惆怅的忆想涌上我的记忆（时机完全不对，我承认）。特别是这一段，我两年前锡罗洛[2]之旅的最后几个小时因它而显苦涩。

依循习惯，我那日一早便躲到一处偏僻的礁石之上，远离那些嬉球之人的呼喊，远离一排排望不到头的遮阳伞下堆挤的家庭的目光，去读卡尔维诺的一则故事，一则恰巧发生在沙滩之上的故事。午后最炙热的时刻（转眼间清空沙滩椅、让小饭馆里的木凳人满为患的时刻），在我近旁，令我甚觉意外地（因为之前的日子，其他泳客均格外尊重我这明显的独处的欲望）来了一个年轻女子，裸胸，红唇，我佯装没有注意到。而她，过了一刻便放下似乎为了心安而粗粗浏览的杂志，很快寻找各种借口与我搭讪了几次。换成其他时候，我会乐得享受这样的境遇，用我为那些主动接近我的女士准备的殷勤招待这位迷人的纠缠者。但是，那一刻，我距故事结束只剩几页（大概三四页），而且正好读到一个意料之外（至少我并未料到）的逆转。当时没有什么比读完它更让我感兴趣：我迫不及待地想知道——以从内行角度来评判——作者将如何妥善收束！但即便我的回应煞是简略（一个耸肩，两声嘟哝，三个单音节语词），且明白无误地透出不耐，弗兰切斯卡（我很快知道了她叫这个名字）依旧毫不气馁。她的坚持（还挺让人受用）最终战胜了我的不屈抵抗。我答了几个词。我们很快发现彼此两日之前曾在共同的友人那里会过，与她一样来自里米尼[3]的友人。我们的关系随即以一种令我惊讶的速度（完全像是暗中有个乐队指挥突然决定加快当日交与我们演绎的乐谱的节奏）迅速推进，如此亲密，如此炽烈，以致我再也没能知晓我的那篇小说后事如何。因为，我这位积极大胆的同伴，毫不费力地从我这里获得了一些她所期待的体贴（在我看来不可思议的是，她似乎在抵达锡罗洛之后便不曾享受这些待遇），而当我的注意力完全转向她的时候，大海一个浪花不声不响但极为讽刺地涌上来，把我丢下的书册卷走，带向远处，片刻间将其抛在脚踏船、小艇与帆板之间，吃饱了水，不成形状。下午终结之时，我给了弗兰切斯卡最后一个吻，被迫独自离开沙滩，既满足，也失望。

现在同样的失望，掩饰得很差，估计可以在我脸上读出。索菲立刻注意到了。我俯身亲吻她，但我一靠近，她便止住动作，盯着我，眉毛微蹙，一副问询的样子。我立刻垂下眼眸。一语未言。自我们相遇以来，索菲第一次看见我因她的在场而尴尬，寻觅着原因。我不好意思对她讲述始于昨日的探险：这会予我一个远离英雄气概的形象。

她只在房间里停留了几分钟，缓步巡视了一圈；她似乎在寻找什么。接着，以其一贯的迅捷，她走向一直开着的门，出门而去。依然一语未言。

我想追出去。我的脚绊在我的一卷老《拉鲁斯》（卷8，F-GYZ，最厚实的一册）上，它在地上已经躺了三日

（我曾在里面徒劳地寻找富祖里的信息）。当我拖着疼痛的脚踝重新站起，电梯门恰好在索菲身后合拢。我一瘸一拐冲下楼梯，直到楼栋出口才追上她。她油盐不进：既不愿听我的解释，亦不接受我的致歉，最终跃入一辆似乎专门等着她的黑色大型出租车。

我最恐惧的便是这种情况。我很清楚它们会留下某些踪痕。那些到了必然的、不可避免的和解之时，便是用上世间所有诚意也无法真正抹去的踪痕。但现在伤害已然形成，必须承受。

我了解索菲：她会很快从这一切中得出在她眼里惟一可行的结论，并立刻告知我。我所要做的，只是再一次等待。

寒冷变得更加刺人，街道更加荒寂。我不知道我在这个尚不熟悉的街区流浪了多久。我走得很慢，不辨方向。我也一样，我尝试从事件之中吸取教训。

从始至终，这本可恶的书带给我的只有麻烦。我当时真不应该把这样的祸害放进门！该了结了。除掉它。把它撕个粉碎。一页接着一页。让一切随风四处飘散。尽全力不让任何人找回哪怕一丁点碎屑。又或者（有何不可？）烧了它。一蓬烈焰燃尽这些荒谬的页面。我的第一场火刑：在一个爱书人的生命里这一定是奇怪的一日！我是在哪里读到"完成一本书，即是焚烧它"[4]这个说法的？现在我终于理解了它的涵义。这一念想开始在我头脑中行走。很快便占据了我的整个思想。火！用火摆脱这个烦碍之物。决心已定。我急不可耐地返回公寓。

离家一步之遥，我望见在一条我还没有机会探索的单行道小路的尽头有一个铺面，似乎是家杂货店或者葡萄酒店。正好家里的茶叶在我那两位卓越的解谜专家到访后已经喝完了，而且我也正缺酒水。于是我走进小路。很快，我发现要去的那个店铺其实是一家"快速排障维修店"，落满灰尘的橱窗里陈列着一堆战后早期的烹饪用具与家用电器。正当我环视这堆东西，试着辨识其中两三个物件——若非知道不可能，我定会誓言它们出自卡雷尔曼[5]的目录——的时候，一阵轰鸣，一辆马达飞转的小汽车与我擦身而过。开车的女司机显然既冒失又匆忙，误入单行道，她只顾倒车不顾他人，差点将我掀翻。我还没来得及数落几句她已不知去向。

一无所获，我回到楼上，把自己关入房间。

最后清算的时刻到了：我终于可以证明我的决心。我想抓起那本小册子，亲手（可怜的手，它已经在颤抖了）对它处以其应得的惩罚。

这时我发现它不在当索菲突然抵达时我将它搁下的

地方。

我开始在书房的各个角落搜寻，越来越急切。

怎么也找不到。

我前几日有幸沉浸其中的所有卷册都在：大量五十年代的文学杂志，某几期年代稍近的《弓》[6]，一本旧版莱辛的《拉奥孔》，第36页夹着一枚书签（我承认，尽管竭尽全力，但我还是比不过歌德，他说曾在一日之内将这部论著连读三遍……而我，我连第二遍都远远没能读完）。惟独没有《书》。它失踪了。彻彻底底妥妥帖帖地失—踪—了。

这情况本该让我高兴。它为我免除了一时忿怒把我拖入的可悲任务。现在，不再需要焚书……

我本来也不用把这当回事：我家里当然不缺书，随便哪一本都可以毫不逊色地替代它……

然而全然不是。

我惊讶莫名，寓所的寂静突然倾压在我身上，沉重逾常。首先，我感觉被它如此轻易逃走刺激到了，仿佛那是对我个人的一种羞辱。其次，这一失踪颠覆了一切：它赋予方才发生的事情一个新的维度。

因而有人在我短暂离开时，进了我的寓所（然而我回来的时候没发现任何破门而入的踪痕，书房也没有任何被翻过的迹象）。某个知道存在这本晦涩的小册子且它在我这里的人认为必须要得到它，而且恰好在今日今时下手。为什么？显然不可能是因为它的价值。那会是为了什么？难道是因为迫切需要将其从我的视线中移除？这个看似陈旧纪念品的东西，它会承载着怎样的危险？

这一次，从第一行便开始预告的圈套真的出现了。且如预料的一样，正毫不出奇地将我套入其中。恰在我以为改变命途之际，我之前迈出的每一步已助成了这一命途。

但是，同时，我不甘心，我无法相信阴谋竟是如此庞大。相反。它突然的神秘光晕，足以使此书在我眼中再次变得珍贵。且如它在几个小时之前，当我准备无视初始禁令、打开第二页这个极度紧张的时刻一样承负着希望。我现在无论如何不接受它重新闭合，带着还未被完全刺透的秘密玩失踪。

而且我不得不承认，尽管充满恣意堆积的各种挑衅、异常、缺憾，但这本书从未在任何一刻让我无动于衷。不仅如此，它还唤醒了我无数忘却的记忆，无数我甚至不知道自己有过的想法，没有它，这些想法，或许永远不会见天日！

我现在准备认错。

不，它不是我之前想的那种给人错觉的虚妄之作，仗着自己提供的某些变态的乐趣，吸引几个目瞪口呆的闲人。回头看来，我觉得它远非自我封闭，相反，蕴含着一整套为提高我的鉴别力乃至保护我的眼光不受将来诸多诱惑污染而设计的工具。某种类似感激的情感正在诞生，寻找着表达的途径。这本书究竟有着怎样古怪的力量，竟能将我置于此种状态？

必须找到它。尽快。无论要我付出怎样的代价。

哦，我很明白，恐惧之后这种突然的热情有些可笑。要是让索菲知道！要是她见到我此刻的状态！她一定会认为我喝醉了，一定会尝试以其最平静的表情、最具说服力的嗓音慢慢劝我重拾理性。而我，与寻常一样，我会找出许多能为我这种冲动辩护的先例。在我周围，这种独特激情的牺牲者数不胜数。一个，迷失在非洲沙漠之中，爱上了一头壮美的母狮，一个，爱上了在庞培浅浮雕上看到的一个普通少女形象，还有一个爱上了新近挖掘出来的维纳斯雕像；甚至还记得福楼扎克家那位上了年纪的女仆，因思恋她那只做成标本的鹦鹉而死。毕竟有那么多人恋上小说的男主角或者女主角，凭什么我不能为一本方才伴我共度几小时人生的书担心？为它的作者，这个我现在更多视作自己复身而非敌人（喔，我多么懊悔，从遗憾的开局起，放任自己匆匆把他当成混蛋，发起激烈攻击！）的人担心？

我开始设想各种各样的解释。某人一定试图伤害我，某个熟稔我的人，因为他选择了我的弱点，竭力在我脚下挖坑，想让我跌倒。

问题立刻纷杳拥至，使我头晕目眩。我将此书看作一种炸弹、火攻船。但阴险的是，它不是立即生效，而是逐渐发作。我的一名友人一日想写一部侦探小说，凶手最后会是读者。我怕是遭遇了另一种前所未有的局面：读者在此间是……被害者。

这本书，它的呈现和它的内容，乃至它突然的戏剧性失踪，谁知道不是蓄意设计以置我于考验之中，测试我的反应？没错，或许这一切只是一出精心结构的小闹剧。由谁导演？敌人？亲近之人？他们究竟什么目的？他们想从我，或从他们自己的骗局中获得什么？以此治愈我，让我远离书籍？显然，纵使消息灵通，他们却不知为时已晚：我已经，而且时间着实不短，病到了以药物为第一厌物的程度。

沉思的最后，我少不得又想起福楼扎克。必须向他去要解释，或许还要同他算账。因为他，我现在几乎可以肯定，他一定是这一切的策动者——现在在我看来这一切就是一个阴谋。

这一次一定要给他打电话。立即，马上。

福楼扎克家里，电话铃先是响了相当、非常、无比漫长的几分钟。当终于有人摘取话筒，我并未立即听出福楼扎克的话音。他应该也没听出我，因为他让我把名字重复了三遍。紧接着，不给我说任何话的时间，他便以一种我从未听他用过的戏剧性语调把我带入以下对话：

他：我可怜的朋友！我一直在等你的电话。你肯定一点也不明白发生在你身上的事情吧？

我（对他的敏锐几乎不觉惊讶，更加认定是他在暗中操作）：嗯，是啊……我向你承认，我从一开始便有所犹豫，怀疑。

他：真的？可是你开局不是挺顺嘛！很伤脑筋吧，是不是？

我：是啊，有那么多的可能性，那么多方向……

他：现在一切都清楚了。

我：恰恰相反！它失踪之后，我完全迷失了。现在我求你全告诉我吧。承认吧，这样我才能放心：这整件事是你策划的吧？

他：没有的事！这和我一点关系都没有。我惟一的任务是安慰你……过后安慰你！

我：如果可能的话，我想找它回来，重新从零开始。

他：别！那只会伤到你。别去想了。别再想了……我真希望可以帮你。但是，相信我，这些事情是无法挽回的，回不去的。

我感觉着他透着紧张，急着挂断电话。于是我大胆提出最后一个问题。

我：真是的，那你至少可以在一件事上点拨我吧？

他：哪件？

我：它究竟有什么特殊，这本书？

他：你说什么？什么书？

我：真是的，我一直在和你说的这本书啊：夏天的时候你给我的那些书里的一本，它方才莫名其妙地从我的书房失踪了。书名即是"书"。

他（起初话音里充盈着不快）：我从没给过你书名如此荒谬的书……（接着，话音试图显得正常）愿意听我的话，你还是休息一下吧。

他挂断了电话。

我立刻回拨。这一次马上有了应答。福楼扎克几乎嚷着说：

你还不明白索菲真的走了吗？她刚才去亲口告诉你这

件事；可你显然没心思听她说话。她很快又回去过一次，没找着你。于是，她给你留了字条。还打电话给我让我照顾你……

福楼扎克继续说着，门铃响了。

送来了索菲的留言，附带着我的钥匙（塞在一个小小的蓝色硬质信封里，信封上用大写字母写着我的名字）。寥寥数语。但每一个语词都是一道伤口。

还等什么呢？我走了。毕竟去希腊这主意还不错。但你就免了。

我把我还能赠你的惟一有用的东西留给你保管：我的缄默。

别了。

索菲。

又：我把上星期留在你桌角的小册子带走了。

译注
1. La Bruyère（1645—1696），法国哲学家、作家。
2. 意大利中部海滨小城，度假地。
3. 意大利北部亚得里亚海海滨城市。里米尼历史上有一著名女子也叫弗兰切斯卡，其悲惨的爱情故事曾被但丁写入《神曲》，并成为后世许多文学、美术、音乐作品的主题。
4. 原为利希滕贝格的名言：完成一部著作，即是焚烧它。
5. Jacques Carelman（1929—2012），法国艺术家，与"乌力波"关系密切。曾模仿19世纪邮购商品目录编绘《绝版商品目录》，所列俱是充满幽默想象、并无实用可能的虚构商品。
6. *L'Arc*，出版于1958—1986年间的法国文学季刊，共出版了一百期。

终曲

请吧，请你们离开我的存在，成打违禁字谜的制造者，过往，我未能如今日这般，在其中一眼发觉，轻佻谜底的关窍。可怕的利己主义的病态案例。

洛特雷阿蒙

图书在版编目（CIP）数据

趁早扔了这本书 / (法) 马塞尔·贝纳布著；英田译
. -- 上海：上海文艺出版社，2023
ISBN 978-7-5321-8589-4

Ⅰ.①趁… Ⅱ.①马… ②英… Ⅲ.①长篇小说－法国－现代 Ⅳ.①I565.45

中国版本图书馆CIP数据核字(2022)第251835号

MARCEL BÉNABOU
Jette ce livre avant qu'il soit trop tard
Copyright © Marcel Bénabou, 1992
Simplified Chinese edition copyright © 2023 SHANGHAI LITERATURE & ART PUBLISHING HOUSE
All rights reserved.
著作权合同登记图字：09-2021-0445

发 行 人：毕　胜
责任编辑：赵一凡
封面设计：朱云雁

书　　名：趁早扔了这本书
作　　者：[法] 马塞尔·贝纳布
译　　者：英　田
出　　版：上海世纪出版集团　上海文艺出版社
地　　址：上海市闵行区号景路159弄A座2楼　201101
发　　行：上海文艺出版社发行中心
　　　　　上海市闵行区号景路159弄A座2楼206室　201101　www.ewen.co
印　　刷：上海中华印刷有限公司
开　　本：889×1194　1/32
印　　张：7
字　　数：114,000
印　　次：2023年9月第1版　2023年9月第1次印刷
I S B N：978-7-5321-8589-4/I.6770
定　　价：58.00元
告 读 者：如发现本书有质量问题请与印刷厂质量科联系　T: 021-69213456